KB080394

작은 겁쟁이 겁쟁이 새로운 파티

작은
겁쟁이 겁
쟁이

새로운

파
티

정지돈

스위밍꿀

차례

1부

오로지 중요한 것은 국민 통합이다.
기타 인간들은 전혀 중요하지 않다.
—도널드 트럼프

1

사람들은 그를 짐이라고 불렀다. 그도 짐이라는 이름이 좋았다. 외자였고 한국 이름 같지 않았지만 한국 이름이라고 해도 이상할 게 없었다. 외국인들은 지미? 제임스? 라고 했지만 아니, 그냥 짐이야. 어릴 때 이름은 더이상 쓰지 않았다. 짐의 원래 이름을 아는 사람도 없었다. 그는 고향을 떠났고 다시 돌아갈 생각이 없었다.

짐은 운이 좋았다. 그가 고향을 떠날 때만 해도 정부의 통제가 심하지 않았다. 지방 도시들은 망가져갔고

대책은 없었다. 불이 붙은 차가 서울로 가는 열차를 들이받았고 인터체인지에서 총격전이 벌어졌다. 어둠이 도시와 도시의 경계를 조금씩 점령했다. 짐이 네 살 때 일이었고 그는 어머니가 했던 말만 기억한다. 무슨 일이 있어도 서울을 벗어나면 안 돼.

그는 삼십 년을 서울에서 살았다. 대학에 다녔고 영업사원으로 일했으며 주말에는 모임에 나가 글을 썼다. 회사를 그만두고 난 뒤에는 버스회사에 취직해 일주일에 세 번씩 강변도로를 달리는 버스를 몰았다. 어머니는 위험하다고 했지만 듣지 않았다. 여긴 서울이잖아. 안전해. 그녀는 강을 낀 아파트의 발코니에 몸을 숨기고 저격을 하는 미친 사람들이 있다고 했다. 뉴스 못 봤니? 지난주에도 일가족이 탄 차가 가양대교 아래로 떨어졌다. 건져낸 차 안에는 머리에 구멍 뚫린 남자의 시신과 익사한 여자와 어린아이가 있었다.

드문 일이에요. 짐이 말했다. 드문 일이었다. 서울에서 총을 들고 싸우는 일은 거의 없었다. 당국은 보안과 처벌을 강화했다. 수정헌법 3조 2항, 대한민국 국민은 인간으로서의 존엄과 가치를 지니며 스스로의 안전을 지킬 권리와 의무가 있다. 총기소지법이 통과된 이래 한국은 전쟁터가 됐지만 서울과 일부 수도권은 안전했다.

　총기소지는 세계적인 흐름이었다. 해수면이 상승하고 미국과 중국이 무너진 후 세계 각국에서 난민이 흘러들었다. 연쇄적으로 국경이 무너졌고 출처를 알 수 없는 무기를 든 사람들이 모습을 드러냈다. 살아남으려면 스스로를 지켜야 해. 사람들은 총을 들었고 그때부터 누가 누구를, 왜 쏘게 되는지 알 수 없는 일이 벌어졌다.
　한국은 그나마 수도와 중앙정부가 제 기능을 하는 나라였다. 지방은 무정부상태라고 했다. 가끔 돈 많은 사람들이 장갑차를 타고 지방으로 여행 간다는 이야기가 돌았다. 생각보다 안전하고 조용하다는 이야기도. 지방 사람들은 밤을 틈타 장벽을 넘어 서울로 들어왔고 서울은 수용 인원을 넘었다. 이주국은 불법 이주민을 색출했고 정부는 지방으로의 이주를 권장하는 캠페인을 벌였다. 고요하고 여유로운 지방으로 가십시오. 이주자들과 가난한 사람들은 자의 반 타의 반으로 서울에서 쫓겨났고, 조만간 대규모 이주 계획이 시행될 거라는 소문이 돌았다. 사람들은 만나면 어디 출신인지, 사투리를 쓰는지부터 파악했다. 짐의 억양에는 부모에게 영향 받은 경상도 사투리가 희미하게 배어 있었다. 그는 직장 동료의 신고로 이주국의 조사를 받았다. 이주 날짜는? 2033년 5월 18일.

2063년 3월 10일. 동료 기사가 죽었다. 가벼운 접촉 사고가 있었고 말다툼 끝에 총을 꺼냈다. 둘 모두 쏘지 않았다. 사람들이 소리를 질렀고 동료 기사가 먼저 총을 넣었다. 그날 밤 경찰이 집에 왔다. 동료 기사는 베개 밑에 총을 두고 자는 습관이 있었고, 알잖아 난 절도범에게 남편을 잃었어, 라고 말하곤 했다. 그녀는 문을 부수고 들어온 경찰에게 총을 겨눴고 그 자리에서 사살됐다. 경찰은 테러리스트를 사상자 없이 처리했다고 발표했다. 그대로 뒀으면 그녀에게 총을 맞았을지도 몰라. 사람들이 기사에 댓글을 달았다. 그녀에겐 가족이 없었다. 짐은 다른 동료 기사와 그녀의 물건을 정리했다.

이 나라를 떠야 해. 짐은 생각했지만 말하지 않았다. 회사에는 그와 이야기를 나눌 사람이 없었다. 그래도 한국이 치안은 좋아. 유럽에서 방탄복 없이 밖에 나가는 건 자살행위라고 했다. 실제로 유럽에 갔다 온 사람들은 위험하지 않다고도 했다. 짐의 친구인 안드레아는 브리스틀에 일 년 동안 살았고 여기보다 훨씬 낫다고 말했다.

안드레아는 세례명이다. 하지만 신은 믿지 않아요. 안드레아가 말했다. 짐은 대학교에서 그를 처음 만났고 이상할 정도로 빠르게 가까워졌다. 짐이 가깝다고 느끼는 유일한 사람이었다. 졸업 후 안드레아는 대학원에 진학했고 연구소에 취직했다. 만나는 횟수는 뜸해졌지만 그래도 가장 친했다. 동료 기사의 발인이 끝난 오후 안드레아가 짐을 찾아왔다.

요즘도 글 써요?

짐은 아니라고 했지만 거짓말이었다. 안드레아는 짐의 유일한 독자였고 비평가였으며 편집자였다. 학교 다닐 때 그의 도움으로 책을 내기도 했지만 이젠 모두 쓰레기가 되었다. 안드레아는 짐이 굉장한 작가가 될 거라고 생각했고 짐은 안드레아의 낙관주의가 자신의 삶을 망쳤다고 생각했지만 말하지 않았다. 지금도 글을 쓰느라 밤을 새우고 버스를 몰 때면 잠들지 않기 위해 약을 먹는다고 말하지 않았다.

운이 나빴어요. 안드레아는 3월 초에 봄이 올 수도 있었는데 안 왔다고 했다. 드문 일이지만 3월과 4월에 봄이 오기도 했다.

올해도 바로 여름으로 넘어갈 것 같아요.

짐과 안드레아는 날씨에 민감했고 만나면 날씨 얘기부터 했다. 언제 따뜻해지느냐, 언제 해가 비치느냐에 대한 이야기였다. 먼지가 걷히는 날이 일 년에 열흘이 안 됐다. 그날은 무조건 쉬어야 돼. 사람들은 옷을 벗고 햇빛 아래 서 있거나 누워 있었다. 안드레아와 짐은 팬티만 입고 양지에 앉아 책을 읽었다.

이주 계획에 대한 이야기 들었어요?

자가 주택이 없는 비서울 출신 가정이 이주 대상 1순위라고 했다. 짐은 1순위였다. 집을 사기 위해 알아보고 있었지만 짐이 가진 돈으로는 불가능했다. 정부에서 지방에 집을 짓고 이주민들을 거주하게 할 계획

이래요. 거기 가면 죽은목숨이나 다름없었다.

2

    짐은 도로가 좋았다. 차를 모는 게 즐거웠고 텅 빈 도로, 입체교차로와 고가, 거대한 다리를 지나 공중을 유선형으로 돌며 진입로로 들어가는 과정, 터널을 지나면 나오는 도시와 인적이 드문 동네의 로터리가 좋았다. 반면 안드레아는 운전면허를 따지 못했다. 학원에 다녔지만 강사에게 욕설에 가까운 모욕적인 이야기만 들었다. 강사는 안드레아가 사이드미러와 백미러를 구분 못할 뿐 아니라 액셀과 브레이크도 구분 못한다며 뇌와 발이 연결되지 않은 것 같군요, 걸어다닐 순 있나요, 라고 말했다. 안드레아는 긴장을 잘했고 낯선

환경에 가면 움츠러들었다. 그는 혼자 있거나 아무런 리액션 없이 남의 말을 잠자코 듣는 걸 가장 잘했다.

운전할 사람이 필요해요.

안드레아가 말했다. 안드레아가 짐에게 뭔가를 부탁한 건 처음이었다.

좋아요. 짐이 대답했다.

그런데 지방으로 가야 돼요. 할 수 있겠어요?

안드레아의 말에 따르면 일은 간단했다. 차를 몰고 이틀 정도 계속 달리기만 하면 된다는 거였다. 목적지는 지린성이라고 했다. 처음 들어보는 곳이었다.

거기가 어디예요?

옌지라고도 불려요.

옌지도 처음 들어보는 곳이었다.

만주 지방이에요.

안드레아가 다시 말했다. 만주라면 들어봤다. 거길 차로 간다고?

그냥 내비 보고 쭉 가면 돼요.

짐은 당연히 할 수 없다고 생각했다. 만주 지방이면 북쪽을 지나야 하는데 가본 적도 들어본 적도 없었다.

함경도에서 이주해 온 사람들과 대화를 해본 적은 있
지만 고향에 대한 이야기는 하지 않았다. 서울이 고향
이 아니면 아무도 고향에 대한 이야기를 하지 않는다.
그건 암묵적인 룰이다.

보수가 커요.

안드레아는 왕복으로 나흘 정도만 차를 몰면 집 살
돈을 벌 수 있다고 했다. 버스를 삼십 년 동안 몰며 월
급을 한푼도 쓰지 않았을 때 만질 수 있는 액수다. 안
드레아는 오래 사귄 은진과 결혼을 앞두고 있었고 은
행은 대출을 거절했다.

이 방법밖에 없어요. 안드레아가 말했다.

지방은 위험하다. 그러니까 돈을 많이 주겠지. 짐은
생각했다. 서울을 떠나는 순간 벌집이 될지도 모른다.
기름을 넣기 위해 주유소에 들렀다가 차량을 탈취당
하고 무릎이 꿇린 채 뒤통수에 총알이 박힐지도 모르
고 도로에 설치된 지뢰나 크레모아에 의해 산산조각
날지도 모른다. 볼일이 급해 국도에 차를 세우고 벌판
으로 달려가다 저격당할지도 모른다. 그러면 죽었다는
사실도 모르겠지. 아픈지도 모르고 슬픈지도 모르고
억울하지도 않을 것이다. 죽음의 유일한 장점은 남들

은 알지만 자신은 모른다는 거다. 그것도 영원히.

어떻게 할래요?

가죠. 짐이 대답했다. 위험하지만 목숨을 담보로 돈을 벌 수 있는 기회가 생겼다는 건 행운이었다. 보통 사람들은 그런 기회를 갖지도 못한다.

둘은 양화대교 초입에서 만났다. 먼지바람이 유독 심하게 부는 날이었다. 3월 중순이었고 이맘때면 바람은 더 심해졌다. 바람은 사방에서 몰아쳤다. 잠잠하다 싶으면 위에서 쏟아져내렸고 숨이 턱 막힐 때쯤 등을 떠밀었다. 짐은 검은 마스크를 바싹 끌어올렸다. 안드레아는 3중 필터가 달린 흰색 마스크를 쓰고 있었다. 짐의 것보다 훨씬 비싼 거였다. 연구소에서 지급받은 거예요. 여러 개 가져왔으니까 줄게요. 짐은 고개를 끄덕였다.

렌트한 차가 그들 앞으로 왔다. 업체 직원은 안드레아의 신분증을 스캔하고 사인을 받았다. 짐은 차를 살피는 척 뒤로 돌아가 약을 꺼냈다. 어제도 잠을 자지 못했다. 불면증은 아니고 그저 밤에 자지 못하는 것뿐이다. 낮에는 운전을 했다. 그러면 언제 자는 거지? 짐은 약을 삼키며 생각했다. 스티뮬런트는 그의 뇌에서 효과적으로 잠을 추방했다. 짐은 퇴근 후 저녁을 먹으며 잠시 졸았고 식탁에 엎드려 어머니의 수다를 들었다. 그러곤 방에 들어가 글을 썼다.

짐, 여기.

안드레아가 짐을 불렀다. 업체 직원은 짐의 면허증을 요구했다. 그는 눈을 마주치지 않고 면허증을 빠르게 스캔한 뒤 자리를 떴다.

연구소를 통해서 빌린 차예요.

방탄 처리가 된 토요타의 미니밴으로 과거에는 구급차로 쓰였던 차종이었다. 2055년형 하이메디쿠. 토요타에서 마지막으로 나온 차종 중 하나다. 다음해에 일본열도가 가라앉았기 때문에 더이상 생산할 수 없었다. 토요타의 마지막 차종들은 프리미엄이 붙어 비싸게 거래됐다. 새로 도색을 한 것으로 보였지만 흰색 차체에 붉은색 띠가 둘러진 원래의 색상을 유지하고 있었다. 문을 열고 내부를 봤다. 후부는 텅 비어 있었다.

이 차가 왜 필요해요?

가면서 말해줄게요.

차는 길이 잘 들어 있었고 부드럽게 나갔다. 안드레

아는 마스크를 벗고 안전벨트를 맸다. 짐은 천천히 커브를 돌며 자유로로 진입했다.

3

짐은 취미가 없었다. 글을 쓰고 주말에 강의를 들었지만 취미라고 생각하지 않았다. 이건 내가 해야 할 일이야. 왜 글을 쓰는 일이 해야 할 일이 되었는지 알 수 없었다. 글을 잘 쓰길 원하는 사람들은 꽤 있었다. 사람들은 다양한 이유로 글쓰기를 배웠다. 소설이나 시나리오를 쓰기 위해, 생각을 표현하고 이야기를 전달하기 위해, 취업이나 자기 PR, 돈벌이를 위해. 짐은 그렇지 않았다. 그는 그냥 글을 쓰길 원했다. 그런데 **그냥** 글이라는 게 존재할 수 있나. 짐은 생각했다. 글에 그냥, 이라는 게 있을 수 있나. 아무것도 표현하지 않고 의미하지 않는 글.

짐은 시간이 나면 산책을 하거나 드라이브를 했고 차를 몰고 낯선 동네에 가서 걷기도 했다. 언젠가 지방에 가야지 생각했지만 총이 없었고 방탄차도 없었다. 북으로 가장 멀리 간 게 일산이었고 남으로 가장 멀리 간 건 안산이었다.

시내는 과밀했지만 교외는 한산했다. 사람들은 집 밖으로 나오지 않았다. 과거에 지은 건물이나 위락 시설, 산책로는 낡았지만 그대로였다. 짐은 텅 빈 놀이터, 유원지, 공원을 걸었다. 아무런 의미도 기능도 없는 글. 짐이 걷기 좋아하는 곳이 그런 걸지도 몰랐다. 짐은 안드레아에게 같이 가자고 했지만 그는 너무 위험하다고 했다. 가지 마세요. 짐은 고개를 끄덕였지만 시간이 나면 다시 인적이 드문 곳으로 향했다.

방탄복은 챙겨 왔어요?

짐은 고개를 끄덕였다. 안드레아는 입고 있던 셔츠를 들어올렸다. 얇은 두께의 방탄복이 보였다. 지금 가는 곳은 안전하지만 혹시 모른다고 했다. 안드레아는 낙하IC를 지나면 짐도 방탄복을 입어야 한다고 말했다.

1차 목적지는 경기도 문산이었다. 문산에 일을 의뢰한 이가 있었고 그를 태워야 했다.

누구죠?

무하마드 깐수. 얘기해준 적 있죠?

짐은 고개를 끄덕였다.

안드레아는 무하마드 깐수에 대해 여러 번 말했다. 그는 안드레아가 일하는 한국문명교류연구소의 소장이었다. 한국문명교류연구소는 2008년에 설립된 연구소로 그때 무하마드의 나이 일흔넷이었다. 지금은 백이십구 세다. 왜 안 죽어? 무하마드를 아는 사람들은 뒤에서 수군거렸지만 무하마드는 아직 정정했다. 거동이 불편하고 필담을 나눠야 했지만 죽을 기미는 보이지 않았다.

두 명만 더 죽으면 돼요.

네?

두 명만 더 죽으면 한국에서는 최고령자거든요.

안드레아가 말했다. 짐은 알고 싶지 않았다. 아직 백 년이나 더 살아야 한다고 생각하면 끔찍했다. 수명을 단축해야 돼.

그러니까 그를 데리고 만주로 간다는 거죠? 짐이 말했다.

네. 안드레아가 고개를 끄덕였다. 이참에 친해져요. 재밌는 사람이에요.

친해지다니 말도 안 되는 소리다. 짐은 생각했다. 말이 통하기나 할까.

무하마드의 삶은 짐과 너무 동떨어져 있었고 상상할 수 없을 정도로 기구했다. 무하마드는 1934년 식민지 시절 만주 용정에서 중국 국적의 조선족으로 태어났다. 수석으로 베이징 대학을 졸업하고 모로코 대사를 역임했으며 1963년 북한에 귀화했다. 그는 특수 공작 훈련을 받은 후 필리핀으로 건너가 아랍인으로 신분 세탁을 하고 남한에 간첩으로 들어왔다. 간첩 활동은 성공적이었다. 아무도 그를 동양인으로 생각하지 않았다. 무하마드는 서울의 대학에서 박사 학위를 받고 교수가 되었으며 아랍 문명권과 고대 한반도의 관계를 밝힌 책을 내기도 했다. 한국 여자와 결혼도 했는데 그녀는 무하마드를 아랍인으로 철석같이 믿었다. 무하마드는 아랍어로 혼잣말을 했고 잠꼬대도 아랍어로 했다.

그의 스파이 행각이 발각된 건 1996년이다. 당시 기준으로 사형 또는 무기징역을 받을 범죄였지만 학문적 성과를 이유로 남한 정부는 그를 사면했고 무하마드 역시 학문 연구를 이유로 전향했다. 그가 간첩 활동을 할 때 주로 했던 일은 퍼블릭하게 공개된 남한의 연구 성과를 북한에 보내는 것이었다.

북한도 이런 분야를 연구해야 합니다.

북한 정부는 지루한 자료를 보내는 무하마드가 골칫덩이였고 그의 전향에 시비를 거는 이는 아무도 없었다.

그래도 모르죠. 한동안 암살에 대한 공포에 시달렸다고 하니까요.

무하마드의 삶은 게임에나 나올 법했다. 세계적인 석학이자 남파 간첩. 네 개의 국적을 가진 열한 개 국어 사용자. 세목들에 이해가 가지 않는 지점이 많았다. 동양인이 어떻게 아랍인으로 위장하지? 북한 간첩이 어떻게 남한에서 연구소를 운영하지? 당시는 남북 갈등이 심할 때 아니었나?

지금도 지방 사람들이 서울에 살잖아요. 안드레아가 말했다.

안드레아는 짐에게 무하마드의 삶을 글로 써보는 게 어떠냐고 했다. 짐은 좋다고 했지만 쓰지 않았다. 무하마드의 삶에 이입이 되지 않았기 때문이다. 무하마드의 삶은 그가 좋아하는 것과 정반대였다. 학문에 대한 열의, 민족에 대한 애정, 가족에 대한 사랑, 미래에 대한 확신, 과거에 대한 그리움. 짐은 어느 하나 이해할 수 없었다.

4

무하마드의 집은 벌판에 있었다. 도로와 지반의 경
계는 허물어져 있었고 콘크리트 잔해는 어지럽게 자
란 수풀에 묻혀 눈에 띄지 않았다. 담은 높지 않았다.
색이 바랜 아이보리색 담장 위로 탁한 잿빛의 건물이
보였다. 반경 백 미터 안에 몇 채의 빈집이 더 있었지
만 은폐물로 이용될 수 있기에 무하마드의 식솔들은
빈집을 폭파했다.

짐은 차를 세우고 시동을 껐다. 차문을 열자 먼지바
람이 몰아쳤다. 임진강에서 시작된 바람이 버려진 도
시 위를 전력으로 질주했다. 눈을 뜨기 힘들었고 입에

서 쇠맛이 났다. 텁텁한 흙먼지 냄새. 귀를 털자 모래가 후두둑 떨어졌다.

드물지만 사는 사람이 있어요. 문산읍은 공적인 기능이 정지된 도시였지만 서울로 가지 못한 이들은 남아서 삶을 유지했다. 그들은 낡은 빌라에 숨어 살았다. 그들은 무장하지 않았고 멀찌감치 서서 지나가는 차를 지켜보거나 빗물이 고인 웅덩이를 바라보았다. 무장한 여행객이 재미로 그들을 겨누기도 했다. 정부는 헬기로 식량이나 구호품을 떨어뜨렸고 그들은 밤이 될 때까지 구호물자에 손대지 않았다. 해가 서해 바다 너머로 가라앉으면 손전등을 들고 하나씩 모습을 드러냈고 어두운 바다 밑을 헤매는 잠수부처럼 벌판을 천천히 가로질러 먹을 걸 가져갔다.

무하마드 깐수는 망원경으로 그 모습을 지켜보곤 했어요. 안드레아는 무하마드가 쓰러지기 전 그의 부름을 받아 집에 들렀다. 무하마드는 발코니에 서서 용정차를 마시며 적외선 망원경으로 지평선을 바라보았다. 인류는 새로운 시기에 접어든 것 같소. 무하마드는 안드레아가 들어본 적 없는 문어 투로 이야기했고 억양은 흉내낼 수 없이 독특했다. 안드레아, 울프 메싱에 대해 들어봤소? 냉전 시기 미소는 텔레파시를 연구했고 로켓에 개를 태워 우주에 보냈소. 안드레아는 무하마드가 무슨 얘기를 하는지 짐작할 수 없었다. 미국과 소련이 로켓에 개를 태웠다고?

무하마드는 이미 백삼십에 가까운 노인이었고 잠시 후면 승천할 것처럼 보였어요. 안드레아가 말했다. 무하마드는 안드레아에게 망원경을 건네주고 발코니의 벤치에 앉았다. 그는 다음 이야기를 하려고 입을 달싹였지만 아무 말도 하지 않았다. 그리고 다시 일어나지 못했어요.

무하마드 깐수는 미니밴에 실리는 동안 아무런 행동도 하지 않았다. 이동식 침대에 꼼짝하지 않고 누워 어딘가를 바라봤다. 무하마드의 눈은 분노가 응축된 덤덤탄 같았다. 짐은 무하마드와 눈이 마주쳤고 움찔했지만 곧 자신을 바라보지 않는다는 사실을 알았다. 짐이 아니라 짐의 뒤를 보는 것처럼 보였다. 짐은 무하마드의 눈빛을 따라 뒤를 돌아봤지만 벌판밖에 없었다. 그 뒤가 아니라 다른 뒤야. 이를테면 태양의 어두운 면, 화성의 숨겨진 분화구, 시간의 뒤, 미래, 과거,

고대의 기억, 역사 같은 것들.

의사 말로는 좀 긴장한 것 같다네요. 안드레아가 말했다.

주치의와 친지들이 무하마드를 차에 실었고 필요한 기기를 설치했다. 흰 가운을 입은 주치의는 길고 가는 연갈색 담배를 물고 있었다. 그는 바람을 피해 몸을 숙이고 불을 붙였다. 차체에 손을 올리고 흙먼지를 닦아냈다.

일본인이에요.

주치의의 이름은 사토 마사키로 일본이 가라앉기 직전 한반도로 건너왔다. 사토가 한국에 들어올 수 있었던 건 그가 유명한 의사였기 때문이다. 중앙정부와 지방자치단체들은 난민을 받는다고 주장했지만 수는 한정되어 있었고 절차는 까다로웠다. 많은 일본인이 갈 곳을 잃었고 바다 위에 떠서 대륙을 바라보았다. 난센 여권은 바다에 버려졌고 곧이어 사람들도 바다에 몸을 던졌다.

사토는 무하마드와 문산에 자리잡았다. 그에게 다른 가족은 없었다. 딸과 아내는 이주를 허락받지 못해 배에 두고 왔다는 이야기가 있었지만 사실인지 알 수 없었다.

사토는 품에서 두 자루의 권총을 꺼내 짐과 안드레아에게 건넸다.

가져가세요.

필요 없을 것 같은데요. 짐이 말했다.

필요할 거예요. 사토가 말했다.

짐은 총을 잡아본 게 몇 년 만인가 생각했다. 총을 들 때마다 무게 때문에 놀랐다. 아마 동일한 부피를 가진 물건 중 가장 무거울 거야.

사토, 고마워요. 안드레아가 말했다.

사토는 밴에 올라 무하마드에게 자신의 담배를 물렸다. 무하마드는 침대의 등받이를 세운 뒤 입을 뻐끔거리며 담배를 피웠다.

중국인과 일본인이 함께 있는 광경이군. 짐이 말했다.

무하마드는 한국인이야. 안드레아가 말했다.

무하마드라는 이름을 가진 중국 출신의 한국인. 짐은 무하마드의 국적이 헷갈리는 이유가 자신이 약을 먹었기 때문일지도 모른다고 생각했다. 스티뮬런트는 기억을 어긋나게 결합시켰다. 의사는 짐에게 복용량을 줄이라고 말했지만 짐은 듣지 않았다.

짐은 차에 올라 내비게이션을 켰다. 어디를 찍어야
되지?

평양. 안드레아가 말했다.

북으로 국경을 넘는 사람들은 평양에서 등록 절차
를 밟아야 했다. 내비에는 평양까지 두 시간 삼십 분이
걸린다고 나왔다.

소장님, 출발할게요. 안드레아가 뒤를 돌아보고 외
쳤다.

삐익. 무하마드가 메시지를 쓰자 소리가 났다. 이동
식 침대에 연결된 모니터에 메시지가 떴다. 좋소. 짐은
액셀을 밟았다. 사토는 벌판에 홀로 서서 손을 흔들고
있었다. 곧 먼지바람이 몰아쳤고 사방이 희뿌연 황토
색 연기로 가득찼다. 모래가 차창에 부딪치며 툭툭 소
리를 냈다. 희미해진 시야 속에서 사토의 검은색 머리
가 공중에 떠 있는 모습이 보였다. 짐은 헤드라이트를
켰다. 환자를 데리고 지방을 가로질러 국경을 넘는다.
돈 때문에 한다고 말했지만 역시 미친 짓이다. 먼지에
가려 시계가 제로인 밖을 보자 덜컥 겁이 났고 지금이

라도 늦지 않았으니 서울로 돌아가 안락한 방에 누워 책을 읽고 싶었다. 그러나 그 방도 곧 없어질 거야. 짐은 생각했다. 서울에 계속 있으려면 지금 지방을 지나야 하고 그건 안드레아도 마찬가지였다. 내비의 안내에 따라 먼지 속을 통과하자 멀리 뻗은 통일로가 보였다.

5

짐의 아버지는 짐이 네 살 때 아내를 쐈다. 바꿔 말
하면 짐의 어머니는 짐이 네 살 때 남편의 총에 맞았
다. 그녀는 곧장 응사했고 총알은 남편의 폐를 관통했
다. 짐의 어머니는 방탄복을 입고 있어 목숨을 구할 수
있었지만 짐의 아버지는 그러지 못했다. 그는 흰 시트
가 깔린 침대에 누워 한참 동안 피 끓는 소리를 냈다.
짐의 어머니는 그의 머리에 총구를 댔으나 쏘지 못했
고 119에 전화를 걸었다. 서울에 온 지 나흘 만에 벌어
진 일이었다.

짐은 이 사건으로 트라우마를 겪지 않았다. 부부가

서로에게 총을 쏘는 건 흔한 일이었다. 자식이 부모에게 총을 쏘거나 부모가 자식에게 총을 쏘기도 했다. 총은 감정을 가진 것처럼 스스로 발사되었다. 사람이 총을 쏘는 게 아니라 총이 사람을 쏘는 거야. 안드레아는 말했지만 짐은 말장난이라고 생각했다. 총과 사람은 더이상 구분되지 않았다. 짐의 어머니는 이십구 년 형을 선고받았고 작년에 출감했다. 그녀는 감옥에서 나오자마자 일을 구했다. 짐은 일하지 않아도 된다고 했지만 그녀는 고개를 저었다. 그녀는 마트에서 청소부로 일했다. 로봇 청소기가 매장에 배치됐지만 사람은 여전히 필요했고 가장 낮은 계층의 사람들이 청소부로 일했다. 짐의 어머니는 로봇이 꼼꼼하지 못하다고 했다.

예나 지금이나 다를 바가 없구나.

그녀는 동료 직원을 통해 불법적으로 권총을 구했고 핸드백에 넣고 다녔다.

안 그래도 돼. 서울은 안전해. 짐이 말했지만 그녀는 듣지 않았다. 총 없이 다니는 건 자살행위라고 생각했다. 그녀는 깨어 있을 때 방탄복을 입었고 잘 때 방문을 잠갔다.

너도 언젠가 쏠 일이 있을 거다. 그녀가 말했다.

통일대교를 건너 텅 빈 고속도로를 얼마 가지 않았
는데 먼지 너머로 도시의 윤곽이 드러났다. 고속도로
왼편으로 대형 건물이나 공장 같은 구조물이 드물게
보였다.

저기서 바주카포를 쏘면 그냥 죽는 거겠죠? 안드레
아가 망원경으로 밖을 보며 말했다.

설마 그런 일이 있겠어. 짐은 생각했다. 그건 게임에
나 나오는 일이야. 짐은 백미러를 봤다. 도로에 뭔가
나타날 때쯤 됐지만 쥐새끼 한 마리 보이지 않았다. 문
산에서 출발한 지 삼십 분 동안 한 대의 차도 없었다.

이게 정상인가? 짐이 물었다.

속도 낮춰요.

오른쪽 진입로로 여러 대의 차가 들어오는 게 보였
다. 짐은 차선을 왼쪽으로 옮겼다.

뭐지?

모르겠어요. 이사 차량인 것 같은데.

서너 대밖에 없을 거라고 생각했던 차량은 계속해
서 숫자를 더했다. 낡아빠진 트럭과 미니밴, 흉측한 레

저용 차량들.

서울에서 온 차들인가.

이주국은 한 달에 수백 명의 사람을 이주시켰다. 말이 좋아 이주지, 추방이었고 사람들에겐 이동 수단이 없었다. 이주국은 낡고 버려진 차를 이주자에게 무상으로 지급했다. 장벽 앞에 폐차 직전의 차들이 열과 오를 맞춰 끝없이 서 있었다. 그래도 차를 주는 게 어디야. 사람들은 말했다. 운이 좋으면 상태가 괜찮은 차를 받아 부산까지 달릴 수 있었다. 운이 나쁘면 문경새재 어디쯤에서 저격을 당해 길가에 버려졌다.

잠시 후, 개성 톨게이트가 보였다. 평양으로 가는 고속도로를 타려면 톨게이트를 지나야 했다. 톨게이트에는 두 개의 입구가 있었다. 여행자 그리고 이주자.

여행자 입구에는 차가 몇 대 없었다. 짐은 천천히 차를 몰았다. 이주자 입구에 길게 늘어선 추방 차량들이 보였다. 안드레아는 마스크를 쓰고 등받이에 몸을 바싹 붙였다.

총을 쏘면 어떡하죠.

짐은 창밖을 바라봤다. 이주자들은 먼지 따위는 신경쓰지 않았다. 창문을 열고 턱을 괸 운전자가 보였고 트럭 짐칸에 앉아 있는 가족도 보였다. 그들은 모두 짐 일행의 밴을 쳐다봤다. 그들의 차에 비해 밴은 너무 희고 깨끗했다. 안드레아가 총을 꺼냈다. 짐 역시 총을 무릎 위에 두고 오른손을 그 위에 얹었다. 여차하는 상황이 벌어지면 총을 쏴야 한다. 그럴 수 있을까.

톨게이트 입구로 차가 진입하기 직전, 차체 왼쪽에서 통, 하고 울리는 소리가 들렸다. 짐은 깜짝 놀라 사이드미러를 봤다. 연기 때문에 형체가 분명하지 않았다. 순간 마르고 거친 손이 연기 속에서 불쑥 튀어나와 차창에 달라붙었다. 짐이 흠칫하는 사이 무릎 위의 총이 바닥으로 떨어졌다. 안드레아는 소리를 지르며 총을 들고 왼쪽을 겨눴다.

잠깐만. 짐이 안드레아를 제지했다.

한 쌍의 남녀가 차를 따라오고 있었다. 피쉬테일 파카를 덮어쓴 남자는 손바닥으로 밴을 두드렸다. 등에는 낡고 커다란 등산용 가방을 메고 있었다.

왜 저러는 거죠? 안드레아가 말했다. 손에는 여전히 총이 들려 있었다. 총구는 창문과 짐을 번갈아 겨누었다.

총 좀 내려놔요. 짐이 말했다.

남녀는 위험해 보이지 않았다. 여자의 가방은 자신의 몸보다 컸다. 그녀는 땅을 보며 잰걸음으로 차를 따라오고 있었다. 남자가 다시 차문을 두드렸다. 차창에 매달린 그의 손은 선체에 붙은 불가사리처럼 보였다. 짐은 차를 세웠다.

안 돼요. 미쳤어요? 안드레아가 다급히 외쳤다. 그는 두 손으로 총을 잡고 밖을 겨누고 있었다. 차창에 바짝 다가선 남녀의 얼굴이 보였다. 수척하고 지저분한 얼굴, 감정을 알 수 없는 표정. 그들은 간절하거나 슬퍼 보이지 않았다. 지쳐 보였다.

열어줘야겠는데. 짐이 말했다.

안드레아는 차창에 얼굴을 바짝 붙인 남자를 유심히 바라봤다. 남자는 두려움도 부끄러움도 없이 창에 볼을 부비고 있었다. 퀭한 눈동자는 타인과 마주쳐본 적이 없는 듯 이리저리 굴러다녔다. 삐익. 무하마드의 모니터에 메시지가 떴다.

안드레아.

안드레아는 한숨을 쉬고 좌석 뒤에서 방탄 헬멧을 꺼냈다.

혹시 모르니까 써요. 짐과 안드레아는 헬멧을 썼다.

총은 어떡하죠?

짐은 바닥에 떨어진 총을 주워서 허리춤에 찼다.

안 쏘길 빌어야죠.

6

영화를 보러 가던 길이었습니다. 저녁 무렵이었고 비가 조금 오긴 했지만 쌀쌀하지 않았어요. 밤은 위험하다고 나오지 않는 사람들도 있었지만 저희 부부는 한 번도 나쁜 일을 겪어본 적이 없어요. 밤은 그냥 밤이었어요. 편의점은 여전히 장사를 했고 가로등은 깜박였지만 거리엔 밝게 불이 들어와 있었습니다. 그날 처음 시체를 봤습니다. 아이보리색 레인코트에 구멍이 나 있었어요. 구멍 주변은 검붉게 물들어 있었고 사람들은 못 본 체하고 지나갔습니다. 저는 남편을 잡아당겼어요. 저 사람 죽은 거야? 남편은 대답을 못했죠.

우리는 무의식적으로 방탄복을 입고 있는지, 총은 가지고 나왔는지 살폈습니다. 총소리 들었어? 언제 죽은 걸까? 남편이 말하고는 시체 곁으로 다가갔습니다. 웅덩이에는 아무것도 반사되지 않았는데 알고 보니 피로 물든 거더군요. 발치에 벗겨진 검은 힐의 붉은 바닥이 보였고 남편의 스니커즈에 피가 묻는 게 보였어요. 저는 고개를 돌렸습니다. 빗물이 볼에 떨어졌고 흠칫 놀라 뒷걸음질쳤어요. 그냥 가자. 그때 총소리가 들렸어요. 남편이 뒤돌아봤는데 그 표정이 지금도 생생해요. 그는 제 얼굴을 봤고 고개를 내려 자신의 배를 봤습니다. 빠른 속도로 셔츠를 물들이는 반점이 보였어요.

그뒤는 잘 기억나지 않습니다. 비명소리가 들렸고, 제가 지른 비명소리였던 거 같아요. 남편을 부축하고 비를 맞으며 걸었어요. 급하게 뛰어가는 사람들의 발소리와 바닥에 떨어진 우산들, 하수구에서 나던 냄새와 흠뻑 젖은 양말의 감촉이 생각나요. 사람들을 계속 불렀지만 아무도 대답하지 않았습니다. 남편은 괜찮다고 말했어요. 그리고 괜찮아? 라고 물었어요. 괜찮아. 괜찮아? 괜찮아. 누가 쏜 걸까요? 왜 쏜 걸까요? 총에 맞은 사람은 지나가던 사람이었을까요, 사연이 있었을

까요. 저희는 지방을 떠나기로 했어요. 남편의 친척이
서울에 살고 있다고 했습니다.

남자는 치통이 있다고 했다. 차에 타자마자 이가 아
프고 오른쪽으로 씹지 못한 지 십 년이 넘었다고 말
했다.

냄새나거나 말을 잘 못해도 이해해주세요.

남자가 말했다. 짐과 안드레아는 대꾸하지 않았다.
짐은 코를 킁킁거렸지만 냄새는 나지 않았다. 여자는
지루해 보였다. 그녀는 차창에 코를 박고 밖을 보았다.
희뿌연 먼지 너머 회백색 건물이 모습을 드러냈다 감
췄다. 그들은 개성에서 차를 빌려 함흥으로 갈 거라고
했다. 함흥은 이주자를 거부하지 않습니다. 함흥은 치
안이 좋습니다. 짐은 도시의 세를 불리기 위한 거짓말
이나 과장이라고 생각했지만 말하지 않았다.

시내에는 사람이 많았다. 수레를 끌고 가는 노인들,
건물 귀퉁이에 모여 있는 청년들. 그들은 무덤덤하게
도로와 인도를 넘나들었다. 러닝셔츠 차림의 사람들은
건물의 발코니에 몸을 기대고 담배를 피웠다. 도시의
풍경은 다큐멘터리에서 본 중동의 분쟁 지역처럼 보

였다. 방안에는 중앙에서 송출하는 가짜 뉴스와 옛날 영화가 방영되고 냉장고 안에는 상한 우유나 독한 술이 있을 것이다. 소파 위에 둔 저격 총을 들고 길 건너편을 쏘면 어떡하지. 짐은 테러리스트를 찾았지만 누가 무슨 생각을 하는지 알 수 없었다.

조심해요. 안드레아가 말했다.

오토바이 몇 대가 지나갔다. 교복을 입은 중학생이 여럿 올라탄 지저분한 오토바이였다. 뒷자리에 앉은 긴 머리칼의 소년이 밴을 빤히 쳐다봤다.

지방의 십대들은 가장 무서운 존재라고 했다. 부모가 없거나 부모를 알 수 없는 아이들, 난민과 불법 이주자의 자식들, 총을 들고 물건을 훔치거나 협박하고 조롱하고 소리를 지르는 무법자들. 그들이 가방에서 총을 꺼내면 통제 불능이었다. 중앙정부는 형사책임 연령을 만 십이 세로 낮췄고 학교에는 검색대가 설치됐지만 그들을 막을 순 없었다.

다른 길로 가요. 여자가 말했다.

사거리에 도착했을 때 굉음에 가까운 소리가 들렸다. 짐은 차를 세우고 오른쪽 도로를 지켜봤다. 세 대의 장갑차가 안개 속에서 모습을 드러냈다. 지나가던 사람들과 차량 모두 장갑차가 지나가길 기다렸다.

이주국이에요? 안드레아가 물었다. 짐은 어깨를 으쓱했다.

장갑차들은 사거리의 정중앙에 정차했다.

장갑차의 뚜껑이 열리더니 무장한 사람들이 모습을 드러냈다. 왼쪽에 있는 장갑차의 포가 우측으로 이동했다.

차 빼요. 안드레아가 떨리는 목소리로 말했다.

짐은 기어를 넣고 액셀을 밟았다. 차는 요란한 소리를 내며 후진했다. 사람들이 달려가는 모습이 보였다.

저기 봐요. 여자가 손가락질하며 외쳤다. 장갑차의 상판에 달린 백색 조명이 건물의 입면을 비췄다. 무장한 사내가 기관총으로 건물을 쏘기 시작했다. 날카로운 소리와 둔탁한 소리가 번갈아 울렸다. 곧이어 건물의 모서리가 굉음과 함께 자취를 감췄다. 장갑차가 포를 쏘고 있었다. 먼지가 허공을 가득 채웠다. 도로 위로 시멘트 무더기와 유리 조각들이 떨어졌다.

미친놈들. 짐은 차를 돌리고 도로 반대편으로 달렸다. 무하마드의 모니터에서 삐익삑 요란한 소리가 났다.

시내 전체에 사이렌이 울리고 안내 방송이 나왔다. 테러리스트를 진압중입니다. 주민들은 사거리를 피해 이동하기 바랍니다.

예전에, 여자가 말했다. 서울에서 이주국이 테러리스트를 진압하는 모습을 본 적 있어요.

짐은 대로에서 벗어나 십여 분쯤 달린 후 골목에 위치한 건물의 지하 주차장으로 들어갔다. 개성에서 왜 그런 짓을 하는지 이해할 수 없었지만 이주국은 설명하지 않았다. 일일이 설명할 시간이 없습니다. 안전이 최우선이었다.

테러리스트가 대상이면 우리는 공격하지 않겠네요. 짐이 말했다. 여자가 짐을 쳐다봤다.

어떻게 확신해요?

저희는 서울 사람이에요.

저희도 얼마 전까지 서울 사람이었어요. 여자가 말했다.

남자와 여자는 몇 달 전부터 노 모어 건스 운동에 참여했고 당에 가입했다고 말했다.

그리고 갑자기 불법 이주자 신세가 됐어요.

짐은 말도 안 된다고 했다. 그게 법적으로 가능해요?

그냥 그렇게 됐어요. 설명이 듣고 싶어요? 여자가 말했다.

짐은 여자를 물끄러미 봤다. 그녀는 화나거나 짜증난 것처럼 보이지 않았다. 표정이 없었고 그래서 영혼이 없는 듯했다.

설명이 듣고 싶어요? 여자가 다시 말했다.

그때 날카롭고 요란한 소리가 들렸다. 여러 대의 오토바이가 지하로 내려왔다. 짐은 차를 빼려고 했으나 오토바이는 순식간에 그들을 둘러쌌다. 총을 든 중학생들이었다. 한 명이 오토바이에서 내리더니 총부리로 창문을 툭툭 쳤다.

내려.

7

이건 뭐야.

리더로 보이는 스포츠머리의 중학생이 짐의 헬멧을
툭툭 쳤다.

방탄 헬멧이요.

짐은 존댓말을 해야 하나 잠시 고민했고 모기만한
목소리로 경어를 썼다. 중학생들은 낄낄 웃었다. 한 명
이 안드레아의 재킷을 들춰보았다. 방탄복이 드러났다.

내 거랑 바꿀까?

턱이 네모나고 팔이 굵은 쪽이 말했다.

너한테 안 맞아.

다른 쪽이 말했다. 그는 긴 곱슬머리를 멋대로 흘러내리게 됐는데 혼혈처럼 보였다.

그들은 짐 일행의 신분증과 총기 허가증, 여행 증명서, 이주 증명서 등을 검사했다. 이주국에서 나왔다고 했지만 전혀 그렇게 보이지 않았다. 스캐너도 없었고 신분증도 없었다. 그리고 중학생 아닌가.

이주국 맞아요? 짐이 말했다.

아니면 어쩔 건데?

네?

아니면 어쩔 거냐고?

네?

넌 씨발 '네'밖에 못하냐.

스포츠머리가 침을 뱉었다. 짐은 어린 새끼가, 라고 생각했지만 그의 손에 들린 총은 나이를 신경쓰지 않았다. 스포츠머리는 총을 들고 짐의 배를 쿡쿡 찔렀다.

여기 왜 왔는지 모를 거 같아? 여기 말이야, 여기.

저희는 그냥 이사 가는 길이에요. 남자가 말했다.

혼혈은 손에 든 장총을 빙글빙글 돌렸다. 능숙했지만 위험해 보였다. 그는 총구로 황갈색 첼시 부츠의 밑창을 몇 번 쳤다 다시 빙글 돌려 어깨에 졌다.

총 꺼내요.

네?

총 내놓으라고. 혼혈이 말했다. 그는 어깨에 지고 있던 장총을 짐에게 겨눴다. 짐은 숨이 턱 하고 막히는 걸 느꼈다. 고개를 돌려 안드레아를 쳐다봤다. 안드레아는 고개를 푹 숙이고 있었다. 스포츠머리가 안드레아에게 다가갔다. 안드레아가 주춤하며 물러서자 스포츠머리가 개머리판을 들어 내려치는 시늉을 했다. 순간적으로 다리에 힘이 풀린 안드레아가 비틀거렸다.

병신. 스포츠머리가 말했다.

꺼내요, 꺼내요. 짐이 말했다.

짐과 안드레아는 총을 꺼내 바닥에 내려놓았다.

꼭 말로 하면 안 듣는다니까. 스포츠머리가 말했다.

네모난 턱이 밴 뒷문을 열고 무하마드를 보고 있었다.

식물인간은 어떡할까.

데리고 가자. 스포츠머리가 말했다. 따라와. 해치지 않을 테니까.

그들은 짐 일행을 공장지대로 데리고 갔다. 굴뚝에서 연기가 나오고 있었다. 철조망에는 안내문이 붙어 있었다. 공장에서 나오는 연기는 유해하지 않습니다.

무해한 천연 성분으로 이루어진 연기입니다. 주차장에
는 폐차 직전의 차들이 가득했다. 멀리서 줄을 지어 걸
어가는 일군의 사람들이 보였다. 소총을 멘 남자 두 명
이 그들을 인솔하고 있었다. 안드레아의 핸드폰이 계
속 울렸다. 그는 핸드폰을 만지며 옆에 타고 있는 스포
츠머리의 눈치를 살폈다. 스포츠머리는 권총을 손에
들고 손목을 까딱거렸다.

　전화 한 통만 해도 되나요. 안드레아가 말했다. 스포
츠머리가 안드레아를 물끄러미 바라봤다. 안드레아가
다시 말했다. 전화…… 스포츠머리는 대답하지 않았
다. 그는 짐의 어깨를 툭 치며 왼쪽으로 손가락질했다.
저쪽으로 가. 사무동으로 보이는 낮은 건물이 있었다.
안드레아는 핸드폰을 주머니에 집어넣었다.

　나가봐요.
　중년 여자가 손을 저어 중학생들을 방에서 몰아냈
다. 그녀는 세 개의 모니터가 연결된 커다란 테이블 앞
에 앉아 있었고 옆의 테이블에는 젊은 남자가 딱딱거
리는 소리를 내며 키보드를 두드리고 있었다. 중년 여
자는 모니터를 보며 귀걸이를 만지작거렸다. 짐 일행

은 나란히 놓인 네 개의 의자에 앉았다.

지방에는 일손이 부족해요. 아시죠? 불편했다면 사과드릴게요. 중년 여자가 말했다. 최근에 난민이 급증해서 다들 곤두서 있는 상태예요. 서해 바다에서 임진강을 통해 들어온다고 하던데. 뉴스 보셨죠?

짐은 고개를 끄덕였다. 난민을 받아들이는 단체가 있다고 했다. 난민을 왜 받아들여? 위험하게. 돈이 되잖아. 지방에서 일할 사람들이 필요하니까 받는 거야. 난민이 문제가 아니라 난민인 척하고 들어오는 놈들이 문제야. 우리 일자리는? 사람들은 난민 문제로 논쟁을 했지만 해결책은 없었고 다른 세력 간의 힘겨루기만 이어졌다. 난민들은 굶주림에 지쳤고 구호물자는 지급되지 않았다. 단체는 난민을 지방의 공장이나 농장 같은 곳에 보내고 돈을 챙긴다고 했다. 정부는 그들을 테러 집단으로 규정했다.

두 분은 가셔도 좋습니다. 중년 여자가 짐과 안드레아에게 말했다.

저희들은요? 여자가 물었다.

그쪽은…… 신분이 확실치 않네요. 좀더 보죠.

안드레아는 무하마드의 상태를 살폈다. 무하마드는 천천히 고개를 끄덕이고 메시지를 보냈다. 괜찮네. 짐은 모두 그대로였다. 총도 그대로 있었고 신분증이나 돈도 그대로였다.

가요. 짐이 말했다. 안드레아는 주변을 둘러봤다. 그들을 데리고 온 중학생들은 보이지 않았다.

무슨 일이 있었던 거죠?

모르겠어요.

그분들은 어떻게 될까요?

모르겠어요.

짐이 말했다. 모든 일이 너무 순식간에 일어났다. 중년 여자가 한 말이 떠올랐다. 음주 단속 했다고 생각하세요. 불법 이주자나 난민을 색출하는 일은 일상적인 업무였다. 그녀는 사무실 밖까지 나와 짐과 안드레아를 배웅했다. 문명교류연구소는 중요한 곳인가요?

그냥 연구소예요. 안드레아가 말했다.

지금 가지고 계신 증명서면 평양 가는 건 문제없어요. 그리고 저도 고향이 경상도예요. 그녀가 속삭이는 목소리로 말했다. 고향을 떠난 지 삼십 년이 넘었다고 했다. 짐은 자기도 그쯤 됐다고 말했다. 경상도보다 여

기가 나을 거예요. 이상한 사람들하고 어울리지만 않
는다면.

8

사랑하는 은진. 안드레아는 편지를 썼다. 이메일을
보냈고 손편지를 썼고 가끔 음성 메시지를 보냈다. 그
는 사랑을 생각할 때 진짜 사랑하는 기분이 든다고 했
다. 사랑은 그의 상상 속으로 들어왔고 그의 언어에 깃
들었다. 안드레아는 그녀와 있을 때 수줍음을 탔고 그
녀가 눈앞에 없을 때만, 그녀의 체취나 음성, 그녀의 몸
이 곁에 없을 때만 진짜 하고 싶은 말을 할 수 있었다.

그러니까 브리스틀에 있을 때가 진짜 좋았어요. 이
게 정상인가요? 안드레아가 물었다. 짐은 이상할 게
없다고 생각했다. 안드레아가 정신병자처럼 굴진 않으

니까. 연인과의 접촉을 피하거나 그녀를 보이지 않는 곳에 가두고 음산한 공상을 키우지 않으니까. 안드레아는 간접적인 접촉을 즐기는 사람일 뿐이다. 그는 은진과 컴퓨터로, 전화로, 종이로 커뮤니케이션하는 걸 좋아했다. 그게 훨씬 편해요. 문자로 얘기할게요. 안드레아가 말했다. 보고 싶은 은진에게. 카페에서 반팔 입은 사람을 봤어. 여기 사람들은 계절을 신경쓰지 않고 걸음걸이는 재산을 잃은 것처럼 불분명해. 바닐라라테를 마시며 책을 읽는데 밖에 진눈깨비가 날려 잠깐 나왔어. 공기는 차갑지만 바람은 따뜻해. 책에는 이런 구절이 나와. 마을의 주민들은 자신의 조상이 도망자이거나 유형 보내진 죄수였다는 사실에 긍지를 느끼고 있었고, 조상들의 죄명을 따서 거리 이름을 붙였다. 살인자들, 공금착복자들, 화폐위조범들의 통로. 그들은 '도약자'라 불리는 교파의 사람들이었으며, 하늘을 향한 자신들의 실패한 비행에 관해 종교적 시를 지었다.

영국에 있을 때 해안도로를 따라 여행하자는 조교가 있었어요. 안드레아가 말했다.

그는 마크 맥도너라는 이름의 연분홍색 피부를 가진 남자로 하루에 세 번 인슐린 주사를 배에 꽂으며 드루이드를 연구했다. 아무도 그의 연구 주제에 관심 없었지만 담당 교수는 무관심한 주제에 연구비를 주는 걸 좋아했고 무의미한 고집을 사랑했다. 안드레아는 마크를 비롯한 사람들과 여행을 가고 싶었지만 가지 않았다.

라이프치히에서 온 베르너는 갈색 머리에 긴 팔을 가진 청년이었는데 사람들이 독일인 같지 않다고 했어요. 베르너는 아르메니아나 그루지야에서 온 사람 같았고 실제로 낡아빠진 아르메니아제 구두를 신고 다녔어요.

안드레아는 핸드폰에서 베르너의 사진을 찾아 짐에게 보여줬다.

저랑 유일하게 가까웠던 친구예요.

짐은 활주로처럼 넓고 곧게 뻗은 고속도로와 베르너의 사진을 번갈아 쳐다봤다. 도로에는 차가 없었고 신호도 없었으며 차선도 점점 옅어지며 사라져가고 있었다.

베르너는 마크의 일행과 함께 여행을 떠났다. 그는 혼자 있을 때 주술적인 인형을 만들곤 했는데 그의 여행 가방 안에는 양말과 인형이 전부였다. 이것들이 우리를 지켜줄 겁니다. 베르너가 말했다. 베르너, 다른 속옷은? 베르너는 매일 손빨래를 했고 눅눅한 빨간 팬티를 입고 다녔다. 미신은 갈수록 힘을 더해갈 거예요. 왜죠? 마크가 묻자 베르너는 인형을 둥글게 세웠다. 보이세요? 뭐가요? 이거요. 인형들은 손을 잡고 있었고 조금씩 원을 그리며 도는 것처럼 보였다. 미신은 가짜가 아닙니다. 믿음은 생각이 아니에요.

베르너는 여행에서 돌아오지 않았다. 노리치에서 만난 여자와 사랑에 빠졌고 마을 사람들이 총을 들고 베르너를 쫓아왔다. 베르너는 여자와 함께 배를 타고 영국을 떠났다.

말도 안 돼.

짐이 말했다. 안드레아는 어깨를 으쓱했다. 조교가 말해줬어요. 노르망디까지 금방이거든요. 마크는 지도를 짚으며 말했다. 배 타고 가면 금방이에요.

붉은 민둥산이 도로 옆으로 쉼없이 이어졌고 곧이어 폐허가 된 도시가 모습을 드러냈다. 평양의 동편 구역은 수십 년 전 폐허가 되었고 정부는 재건을 포기했다. 밴은 도시를 가로질러 대동교의 입구에 다다랐다.

대동교는 대동강을 넘어 서편 구역과 이어졌다. 이주국을 비롯해 평양시청, 통행관계연구소 등 도시의 주요 시설이 모두 모여 있는 지역이다. 대동교 입구에서 출입 심사가 이루어졌다. 사람들은 한밤에 보트를 타고 대동강을 건너기도 했지만 대부분 포획되거나 총에 맞았고 강에 빠져 남포까지 떠내려갔다. 그럼에도 밤에 강을 건너려는 사람들이 줄을 섭니다. 안드레아의 서류를 확인하던 직원이 말했다.

벌레 같은 놈들이죠.

그는 유달리 흰 치아를 가진 남자였다. 심사를 위해 늘어선 줄이 수백 미터임에도 불구하고 행동은 느렸고 말은 많았다. 벌레예요, 벌레. 버러지. 남자가 말했다. 그는 서울에서 평양으로 비행기를 타고 왔고 산과 들판, 도로를 기어가는 수많은 벌레를 봤다고 했다. 우주의 시각에서 본다면 먼지죠. 무슨 말인지 아시죠? 남자가 히죽 웃었다.

짐은 대동강 너머로 해가 지는 모습을 바라봤다. 희뿌연 대기는 화학적 느낌의 진분홍색으로 물들어갔다. 경계가 흐린 지평선은 자주색으로 타올랐고 석양은 하늘 위로 꼬리를 내밀며 사람들의 눈길을 끌었다. 끝이 보이지 않게 늘어선 차량 안에 앉은 사람들은 고개를 처박고 생각했다. 줄은 언제 줄어드는가, 사람들은 어디서 자꾸 나타나는가. 무엇을 피해 왔고 무엇을 기다리며 무엇을 찾아가는지 생각했다.

평양에서는 지뢰만 조심하면 됩니다. 남자가 말했다.

지뢰요?

그렇죠. 너무 많았거든요.

북한이 무너지고 가장 필요 없어진 무기 중 하나가 지뢰였다. 누가 쓴다고 그렇게 만들었는지 모르겠어요. 아무튼 만든 건 다 써야지 않겠어요? 각 집단은 원하는 수량만큼 지뢰를 얻었고 각자의 목적에 따라 설치했다. 그런데! 남자가 갑자기 테이블을 꽝 쳤다. 안드레아는 화들짝 놀라 들고 있던 서류를 떨어뜨렸다. 설치한 사람들이 죽어버렸다는 거 아닙니까. 그래서 어딨는지 아무도 모르는 지뢰가 많다 이 말입니다.

네. 짐이 대답했다. 또 괴담이군. 짐은 생각했다.

진짜예요. 남자가 말했다. 그러니까 시내 들어가면 지뢰탐지기 사서 가지고 다니세요. 언제 발목 날아갈지 모르니까요.

9

짐은 약 때문이겠지 생각했다. 평소라면 졸고 있을
시간이었다. 해가 지기 시작했고 평양은 미래에서 과
거로 워프하는 도시처럼 보였다. 그러니까 과거에 만
들어진 미래의 도시. 그러나 미래는 오지 않았고 지금
우리가 있는 곳은 어디지. 짐은 생각했다. 사람들이 총
을 들기 전에 평양은 관광지로 유명했고 노인들은 그
때 일을 회상하곤 했다. 지구 최후의 공산국가. 음산한
아파트와 거대한 규모의 기념비적인 건물들. 건물 안
은 용도를 알 수 없는 공간으로 넘쳤고 불법 점거자와
관광객, 예술가와 거지, 난민, 조사원, 인권 운동가, 범

죄자, 국회의원, 밀수업자, 브로커가 도시를 드나들었다. 정부는 평양을 보존할 것인가 새롭게 꾸밀 것인가 논의했고 논의가 끝나기 전에 일이 벌어졌다. 먼지가 대륙을 덮었고 도시는 어둠과 빛 사이에 버려졌다. 그곳은 과거도 미래도 현재도 아니었다. 사람들은 시간의 줄이 끊긴 역사학자가 되어 먼지로 가득한 도시의 옥상에 조명등을 설치했고 쉴 곳을 찾아 거리를 헤맸다.

짐은 대로를 통제하고 경광봉을 흔드는 인부들을 봤다. 보도블록에는 거대한 시멘트 무더기가 산을 이루었고 포클레인과 거대한 덤프트럭이 철근과 쓰레기를 실어날랐다. 차들은 느리게 통제 현장을 경유했고 연기가 앞유리창을 잠식했다 흩어졌다. 짐의 어머니는 테러에 대한 뉴스를 봤다고 했다. 지방의 건물들이 무너지고 있다. 그녀가 말했고 뉴스에선 누군가의 핸드폰에 담긴 먼지와 비명소리, 굉음을 내보냈다. 가짜 아니야? 짐이 말했다. 진짜다. 어머니가 말했다. 건물들은 스스로 무너지는 거예요. 안드레아는 말했었다. 부실하게 지어진 건물들이 자연사하는 소리라고 했다. 짐은 어머니에게 건물의 자연사에 대해서, 지방의 도로에 대해서 말하고 싶었지만 할 수 없었다. 어디 가니? 그녀가 물었다. 짐은 늦을 거라고 했다. 어머니는 언제 올 거냐고 물었지만 짐은 대답하지 않았다. 내일 아니면 모레, 아니면 더 오래 걸릴지도. 짐은 어머니에게 설명하고 싶지 않았다. 설명할 수 있는 건 아무것도 없었다.

짐 일행은 체포되었다. 검문소를 통과하려는 찰나, 직원이 그들을 세웠고 무장한 경찰들이 차를 둘러쌌다. 방금 서울에서 연락이 왔다고 했다. 무하마드를 비롯한 일행이 테러리스트를 돕고 있으니 조사가 필요하다는 이야기였다. 핸드폰을 확인한 안드레아가 짐에게 말했다. 사토가 사살됐대요. 방금 전에.

2부

자, 이제 뗏목으로 가라, 이 자본주의 짐승 놈아!
—안드레이 플라토노프

1

보리는 아버지를 싫어했다. 그는 딱딱하고 불친절
한 관료의 전형이었다. 그러면서 자신은 합리적이라
고 말하지. 그녀의 아버지는 친절을 혐오했다. 민원인
을 경멸했으며 사리에 맞지 않는다 생각되는 일은 언
급을 금했다. 그러면서 여자관계는 복잡했고 법은 지
키지 않았다. 아버지에게 법은 도구였다. 법치는 통제
와 안정을 위한 핑계일 뿐이다. 그러나 아주 그럴싸한
핑계였고 합리화였다. 그는 세 명의 자식 중 보리에게
가장 무관심했지만 그녀가 서울대에 입학하고 이주국
직원이 되자 태도가 바뀌었다. 보리가 자신의 후계자

라고 공공연히 말했다. 법집행자. 난민과 테러리스트로부터 나라를 지키는 소녀. 일종의 잔 다르크. 상황이 여기까지 갔을 때 보리는 자신이 이 남자를 싫어하는 건 그가 아버지이기 때문이 아니라는 생각이 들었다. 아버지인 건 아무 상관 없어. 나는 그냥 이 새끼가 싫은 거야. 그의 생각, 태도, 행동, 말투와 눈썹 모양. 눈썹이 특히 마음에 안 들어. 보리는 생각했다. 아버지가 뭐 어쨌다고. 자기 아버지가 알고 보니 파시스트였다면 트라우마를 앓아야 하나. 보리는 콤플렉스나 정신분석에 관심 없었다. 이 남자는 그냥 적일 뿐이다.

평양 주둔 이주국은 류경호텔을 이주국 건물로 사용했다. 류경호텔은 세계 최대 규모의 호텔을 목적으로 1989년에 착공되었지만 자금 부족으로 완공되지 못한 채 칠십 년 동안 평양 시내를 지켰다. 삼천사백여 개의 방이 있었지만 인테리어를 할 돈이 없었고 묵을 손님도 없었다. 호텔 내부는 개미굴처럼 복잡하고 음산했으며 맨틀과 지층 사이에 낀 거대한 동공, 출구 없는 미로이자 종유석이 가득한 해저의 동굴이었다. 그러니까 인류가 낳은 최대의 유산이야, 라고 동료 직원은 말했지만 보리는 인류 최대의 멍청한 짓이라고 생각했다. 당국은 류경호텔을 이주국 사무실이자 난민 수용소, 불법 이주자 및 테러리스트의 유치장으로 사용했다.

누구세요.

짐은 문이 열리는 소리에 눈을 떴다. 자고 있지 않았지만 깨어 있는 것도 아니었다. 그는 삭막한 방 한구석에 마련된 철제 침대에 누워 꿈과 현실 사이를 헤매고 있었다.

일어나요.

보리가 스툴을 끌어와서 앉았다. 짐은 마른세수를 하고 침대에 걸터앉았다. 이주국 사람인가? 짐은 이미 수시간 동안 조사를 받았다. 무슨 이야기를 했는지 기억나지 않았다. 이야기하고 말 게 없었다. 저는 버스 드라이버일 뿐입니다. 아무것도 몰라요.

짐 맞죠?

보리가 말했다. 짐은 고개를 끄덕였다.

제 말 잘 들어요. 여기서 나가야 돼요.

조사 끝났어요?

짐이 물었다. 보리는 고개를 저었다. 그녀는 상황판

단 안 되는 이 남자를 어떻게 할까 잠시 생각했지만 예정대로 일을 진행하기로 했다. 그녀는 무하마드와 안드레아, 짐을 데리고 평양을 빠져나갈 생각이었다. 이 남자는 정말 아무것도 모르는데 도움이 될까. 아니, 협조는 할까. 그러나 안드레아는 짐을 꼭 데리고 가야 된다고 말했다. 운전할 사람이 필요하기도 하지만 그것만은 아니었다. 짐은 동료예요. 안드레아가 말했다. 그렇게 사람을 버릴 거면 애초에 왜 이 일을 시작한 거죠? 보리는 안드레아가 지나치게 감정적이라고 생각했지만 무하마드는 그게 안드레아의 장점이라고 말했다.

짐이 있는 곳은 류경호텔의 저층부, 소위 난민층이라 불리는 곳이었다. 류경호텔은 난민층과 사무층으로 나뉘었다. 난민층의 방에는 난민들이 수용되었고 거대한 홀과 로비에는 배식소와 매점, 체육관, 수영장, 창고, 샤워실 등이 있었다. 당국은 난민들의 생활환경을 최대한 보장한다고 홍보했지만 실상은 감금이자 방치였다. 난민층으로 내려가는 길은 길고 복잡했으며 철저히 통제됐다. 반면 난민층 안에서는 이동이 자유로웠다.

우린 여기서 탈출할 거예요.

탈출이요?

짐은 왜 탈출해야 되는지 알 수 없었다. 그는 조사가 끝나면 풀려날 거라고 믿었다.

풀려나지 않을 거예요. 보리가 말했다.

그녀는 이주국에 비상이 걸렸다고 했다. 인천으로 거대한 선박이 들어왔고 입국이 거절된 난민 무리가 무장한 채 수도권으로 전진중이라는 소식이 있었다. 사토는 그들의 연락책으로 접선하던 중 이주국에 의해 사살됐다. 무하마드와 문명교류연구소는 난민 단체의 배후로 지목됐다.

다 개소리죠.

난민을 수송하는 선박이 있었던 건 사실이다. 무기도 있었다. 그러나 위협은 없었다. 낡은 칼빈 몇 정과 작동하는지도 모를 사제 수류탄. 두려움에 떠는 몇몇 난민이 무기를 숨겨 왔을 뿐이다. 보리가 말했지만 짐은 믿지 않았다. 당국이든 난민이든 과장하는 건 마찬가지야. 난 아무도 믿지 않고 아무에게도 관심 없어. 단지 운이 없어 휘말린 것뿐이야.

전 이 일과 상관없어요. 전 그냥 운전기사예요. 짐이

말했다.

보리는 짐을 빤히 쳐다봤다. 짐은 그제야 보리의 얼굴을 제대로 볼 수 있었다. 깨끗한 피부에 길게 올라간 눈꼬리. 사람을 움츠러들게 하는 무표정한 얼굴. 그녀도 여느 사람과 마찬가지로 지친 표정이었지만 종류가 달랐다. 그녀는 자기 자신이나 삶에 지친 게 아니었다. 그녀는 타인에게 지친 듯했다.

여기 있고 싶어요? 그럼 있어요. 안드레아한테 그렇게 말할게요.

안드레아는 어떻게 됐어요?

안드레아는 무하마드와 함께 상층부의 유치장에 갇혀 있었다. 보리는 자신이 그들을 빼내 올 테니 짐은 지하로 내려가 밴을 찾아야 한다고 말했다.

이거 받아요.

보리가 짐에게 총을 건넸다.

쏴본 적 있어요?

아니요.

호신용이니까 가지고 있어요. 난민층은 위험하니까.

짐은 총의 무게를 느끼며 한숨을 내쉬었다. 왜, 라고 묻고 싶었지만 입이 떨어지지 않았다. 그는 살면서 한 번도 범죄에 휘말리지 않았다. 총을 들지도 않았고 경찰에 불려가지도 않았으며 장벽을 넘지도 않았고 이주자나 난민과의 접촉은 의식적으로 피했다. 짐의 삶은 고요하고 단조로웠지만 다들 그렇게 산다. 거리엔 총알이 가득하고 멀리서 포성이 울리고 사람이 죽어나갔지만 그건 이야기일 뿐이었다. 난민이라니. 안드레아, 도대체 무슨 짓을 한 거야.

갈 거예요, 말 거예요? 보리가 말했다.

갈게요. 짐이 말했다.

2

보리는 세르게이를 찾으라고 했다. 그가 밴까지 안
내해줄 거예요.

그게 누군데요?

안내자. 류경호텔에서 나가길 원하는 사람은 누구나
세르게이를 찾아야 했다.

사람들한테 물어봐요. 쉽게 찾을 수 있을 거예요.

보리가 엘리베이터를 타고 간 뒤 짐은 홀로 로비에
남았다. 로비에는 정적이 흘렀다. 조명은 부분적으로
희미하거나 망가져 있었고 마감이 안 된 벽은 얼룩덜
룩했다. 천장은 속을 다 드러냈고 호텔을 가르는 수도

74

관, 밸브, 전기선에서 건물 특유의 소음이 퍼져나왔다. 멀리 홀에서 작고 얕게 웅성거리는 소리가 들렸다.

짐은 품속의 총을 확인하고 복도를 걸었다. 별일 없을 거야. 그는 문이나 벽에서 쿵, 하고 울리는 소리가 날 때마다 움찔했다. 낯선 곳에서 나는 소리는 즉각적인 공포를 불러왔다. 특히 총성이 들리면 십중팔구 죽은목숨이야. 짐은 생각했다.

코너를 돌자 육각형 형태를 둘러싼 복도가 보였다. 짐은 벽에 몸을 숨겼다. 외부의 것으로 느껴지는 질감의 바람이 머리칼을 스치고 지나갔다. 짐은 숨을 크게 내쉬고 복도를 내다봤다.

난간에 기대 담배를 피우고 있는 여자가 보였다. 그녀는 허공에 담뱃재를 털었다. 난간은 사람들이 올려놓은 이불보와 빨랫감, 화분 등으로 빼곡했다. 복도를 따라 늘어선 문과 벽은 각양각색의 타일과 벽지, PVC로 마감되어 있었고, 외국의 언어로 된 메시지나 일러스트로 어지럽게 장식되어 있었다.

복도를 따라 내려가자 웅성거림이 명확히 들렸다. 활짝 열린 문 안으로 생활환경이 그대로 보였다. 어떤 여자는 방안에 재봉틀을 놓고 원피스를 수선했고 남

자는 할머니의 머리를 잘라주고 있었으며 일군의 사
람들이 모여 TV에서 나오는 축구 중계를 보고 있었다.
짐은 어리둥절한 표정으로 주위를 둘러봤다. 아무도
짐을 신경쓰지 않았다. 난민층은 수용소가 아니라 캠
핑장이었다. 그는 벽에 쓰인 문구를 봤다.

　나는 죽는다. 하지만 항복하지는 않는다. 안녕! 내 조
국이여!

　서툰 글씨체를 보건대 한국인이 아니었다. 어느 나
라 사람일까. 누군가 짐의 어깨를 치고 지나갔다. 짐은
무의식적으로 품속의 총을 잡았지만 그와 부딪친 검
붉은 피부의 남자는 고개를 숙여 한국말로 사과했다.
죄송합니다.

　난간을 따라 두 층을 내려간 후 쭉 뻗어 있는 복도
를 걸어가자 전면부에 거대한 유리 파사드를 면한 홀
에 이를 수 있었다. 사람들은 먼지에 투과된 어둑하고
어슴푸레한 평양의 햇빛을 받으며 책을 읽거나 대화
를 했고 배드민턴을 치거나 핸드폰으로 음악을 들었

다. 홀은 난파된 갑판 위에 잠시 마련된 파티장처럼 보였고 유리 파사드로 인해 과열된 내부의 온도는 대기권을 통과하는 우주선을 연상시켰다. 여기 서울 사람은 나밖에 없겠군. 짐이 생각했다. 말이 통하는 사람이 있을까. 그는 한국인으로 보이는 사내에게 다가갔다. 사내는 동남아 여자에게 손짓 발짓을 하며 요란하게 이야기중이었다.

뭐 좀 물어봐도 될까요.

짐이 말을 걸자 사내가 움찔했다. 한국말을 못한다는 걸 직감적으로 알 수 있었다. 남자가 말했다. 뿌훼이한유. 그때 여자가 짐의 어깨를 잡았다.

무슨 일이에요?

커다란 눈과 깊은 쌍꺼풀을 가진 여자로 동남아와 동북아의 혼혈 또는 동남아와 켈트족의 혼혈처럼 보이는 여자였다. 어쩌면 그냥 동남아 사람인지도 모르지. 짐은 세르게이를 찾고 있다고 말했다.

세르게이라면 모르는 사람이 없죠.

그녀는 유창한 한국어 실력을 가지고 있었다.

그런데 이름이 뭐라고요?

팜 반 빈 푹 티엔이요. 그냥 팜이라고 불러요. 팜이

말했다.

그녀는 베트남에서 왔고 난민 신청을 한 지 세 달 정도 됐다고 했다. 저는 새끼예요. 팜이 말했다. 여기 있는 사람들 대부분 난민 신청 한 지 일 년이 넘었거든요.

난민 신청을 하면 최소 육 개월은 기다려야 했다. 운이 좋아 결과가 빨리 나와도 대부분 강제송환이거나 추방이었다. 그러나 사람들은 류경호텔을 떠나지 않았다. 복도는 사방으로 끝없이 뻗어 있었고 빈방은 많았다. 이주국 직원들은 난민층에 얼씬도 하지 않았다. 배식 엘리베이터로 치킨버거와 콜라를 내려보냈고 극소량의 생필품을 전달할 뿐이었다. 난민층 사람들은 자급자족하는 법을 배웠고 류경호텔에 둥지를 틀었다. 심지어 난민 지위가 받아들여져도 나가지 않았다.

말도 안 돼.

짐이 말했다. 팜은 손가락을 까딱했다.

생각해봐요. 나가면 뭐가 있나요? 인종차별? 노동착취? 총기 난사? 여기가 오히려 나아요.

세르게이는 난민층에서 가장 오래된 사람 중 하나였다. 난민 심사는 끝없이 미뤄졌고 담당자는 교체되었으며 국제정세는 계속해서 변했다. 이주국은 그를 잊었고 세르게이 본인도 심사 결과를 기다리지 않게 되었다. 세르게이와 그의 동료들은 출처를 알 수 없는 물건들을 난민층으로 들여왔고 버려진 건물을 개조 했다.

세르게이가 그러더군요. 팜, 뭐가 필요해?

3

———

세르게이, 그로즈니에서 무슨 일이 있었어? 사람들
이 물었다. 나는 그때마다 얘기했다. 친구들이 죽었습
니다. 사람들은 이해하지 못했다. 왜? 세르게이, 왜 그
들이 죽었지? 저도 모르겠습니다. 처음에는 알고 있다
고 생각했다. 여당은 정권을 지키기 위해 외부 세력과
결탁했고 시위대에 발포했다. 비판적인 언론인을 살해
했고 쿠즈네프 다리 위에서 작가를 납치했으며 극장
에 모여 세미나를 여는 대학생과 지하 클럽에 모인 동
성애자들을 감금했다. 세르게이 너는 군인이었잖아?
나는 군인이었다. 나는 돈을 벌고 싶었다. 언제나 춤과

영화와 술을 사랑했고 해변을 사랑했으며 이들이 함께 나온 작품이라면 백 번도 볼 수 있었다. 〈칵테일〉이 만들어진 지 백 년이 지났다는 게 믿기지 않아. 톰 크루즈는 언제 환생해? 우리는 다차의 호숫가에 둘러앉아 대화를 나눴고 안톤은 휘파람으로 교향곡을 불었으며 벽에는 팔레르모의 호텔 수영장 사진이 걸려 있었다. 저 수영장은 신로마 시대의 유적 위에 만들어진 거야. 이사크가 말했다. 설계를 맡은 건축가 지오 폰티는 이렇게 말했지. 당신은 로마와 함께 수영한다. 나는 월급을 받았고 때로 세관을 지나고 검문소를 지나는 사업가나 장사꾼들과 사이좋게 지내는 대가를 받기도 했다. 우리는 모두 돈을 벌고 싶었고 이사크는 블로그에 신흥 부자와 빈민과 갱 들에 대한 삼류 소설을 연재했다. 이사크의 소설을 백만 명의 사람들이 봤어. 당신이 진정한 자포이다! 자유 만세!! 세르게이, 그로즈니에서 무슨 일이 있었어? 처음에는 괜찮았다. 우리는 총을 쏘거나 시위를 했고 밤에 몰래 만났다. 그러나 상황은 나아지지 않았다. 우리들 사이에 신나치주의자, 파시스트, 자유시장주의자, 사민주의자, 무정부주의자, 호모포비아, 게이로파, 펑크록 아티스트, 크로스드레서, 총기 옹호자, 평화주의자, 분리주의자, 근본주의자가 들어왔고 토론 이후의 정적, 정적 이후의 공포, 비명과 피, 폭풍, 눈보라, 그리고 칼라시니코프를 들고 복면을 쓴 남자들이 로프를 타고 내려왔다. 세르게이, 무슨 일이 있었다고? 나는 허공에 총을 쏘았다. 나야, 나라고. 어젯밤에 같이 포커 게임을 한 알료샤, 이사크, 안톤 그리고 난쟁이 드니로. 세르게이, 천천히 정리해서 말씀해주시겠어요? 나는 백번 생각했지만 잘 모르겠다. 우리가 여기서 벗어날 수 있을까. 우리가 돈을 벌 수 있을까.

세르게이는 텐트에서 살고 있었다. 텅 빈 수영장 안에 그의 텐트를 비롯한 다양한 색의 텐트가 있었고 그것들은 막 펼쳐진 낙하산처럼 보였다.

세르게이는 수영장 사다리를 잡고 위로 올라왔다. 아래 있던 갈색 머리의 동료가 세르게이에게 목발을 건넸다. 세르게이의 바지는 바람이 불지 않는데도 펄럭거렸다. 바짓단 아래 철로 만든 의족이 보였다.

그는 상체가 비대할 정도로 발달해 있었고 잘 빗어 넘긴 머리에 깔끔하게 다듬은 수염을 길렀다.

다리만 멀쩡하면 모델감인데. 세르게이가 말했다.

지금도 충분하세요. 짐이 말했다.

워킹을 못하잖아. 우라질 지뢰 같으니.

세르게이는 한국어를 잘했지만 한국어로 번역된 외국 소설이나 외국 영화에 깔린 한국어 자막을 통해 한국어를 배웠고 그래서 말투가 이상했다. 그는 십오 년 넘게 한국에 살면서 한국 남자도 만나고 한국 여자도 만났다고 했다.

그래서 말을 금방 배웠지. 많이 만났어. 남녀 안 가리고 만났는데 말을 배우기 위해서 만난 건 아니야.

네…… 짐이 대답했다. 어쩌라는 거지. 왜 묻지도 않은 말을 하는 거지. 짐은 생각했지만 가만히 있었다. 세르게이는 짐의 얼굴을 물끄러미 보더니 말했다.

너 남쪽 출신이야?

네.

남남북녀. 세르게이가 말했다.

세르게이는 평양에서 불법체류 하는 동안 북쪽 남자와 북쪽 여자는 많이 만났지만 남쪽 남자와 남쪽 여자는 만나지 못했다고 했다. 남쪽 남자가 정말 북쪽 남자보다 나아? 남쪽 여자가 정말 북쪽 여자보다 못해?

무슨 말씀이신지…… 짐이 말했다.

그냥 하는 말이지. 긴장 풀게, 동무.

세르게이가 말하고는 웃음을 터뜨렸다. 그는 조증이
있는 사람처럼 바삐 입을 놀렸고 양쪽에 낀 목발을 자
유자재로 움직이며 빠르게 걸었다.

그의 말에 따르면 류경호텔의 저층부 계단은 난민
차지였다. 이주국은 엘리베이터와 상층부, 그리고 일
층과 지하 일층만 통제했다.

거기만 통제하면 밖으로 못 나간다고 생각하거든.
세르게이가 말했다. 모든 통로는 일층과 지하 일층을
통해 이어진다. 난민들은 계단을 통해 지하 사층에서
지상 오십층까지 오르내릴 수 있었지만 밖으로 나가
진 못했고, 그들이 다닐 수 있는 층에는 난민이나 길
잃은 고양이, 먼지와 거미, 돈벌레, 사람들이 버리고
간 옷가지나 이불 같은 물건들이 널려 있었다.

필요한 물건은 지하 이층을 통해서 받아. 도와주는
사람이 있거든.

보리 같은 사람들을 말하는 건가. 짐은 생각했지만
묻지 않았다. 세르게이는 누군지 궁금하지 않아? 하는
눈빛으로 짐을 바라봤다. 말하고 싶어 입이 근질근질

한 모양이었지만 짐은 궁금하지 않았다. 아는 게 많을
수록 위험한 법이다.

짐?

네.

밥은 먹고 가야지.

우라질 치킨버거. 세르게이가 입에 묻은 마요네즈를
닦으며 말했다.

이주국이 난민들에게 지급하는 음식은 치킨버거와
콜라뿐이었다. 대기시간이 길어지면서 다른 음식을 달
라고 요구했으나 당국은 치킨버거면 충분하다고 했다.
치킨버거에는 양상추도 있고 피클도 있고 마요네즈도
있고 토마토도 있으니까.

우라질 닭고기도 있고! 세르게이가 말했다.

팜은 고무 씹듯 치킨버거를 입에 넣었다. 그녀는 햄
버거를 싫어했고 탄산음료는 입에 대지 않고 살았지
만 난민캠프에서 먹기 시작했다고 말했다. 저도 살아
야죠.

팜은 콜라를 쭉 빨아먹었다. 동생이 콜라를 진짜 좋
아해요.

팜의 동생은 한국에서 태어났고 팜은 그녀와 한 달에 한 번씩 화상 채팅을 했다고 말했다.

한 번도 실제로 보진 못했어요. 팜이 말했다.

그녀의 동생은 대화를 할 때면 늘 콜라와 감자튀김을 먹었는데 모니터로 언니를 보는 게 영화를 보는 것 같기 때문이라고 했다. 왜 엄마는 같은데 다르게 생겼지. 아빠 때문인가? 팜의 동생이 말했다. 그녀의 이름은 수영이었고 그녀는 이름의 뜻이 swim이라고 했다. 팜은 한국어를 배우고 난 뒤에야 수영의 말이 엉터리라는 걸 알았다.

동생을 만나려고요.

수영은 함흥에 살고 있었는데 반년 전 갑자기 연락이 끊겼다. 팜은 한국에 오고 싶었지만 정치적인 이유로 출국을 거부당했고 망명을 선택했다. 어차피 그 나라하고 안 맞았어요.

넌 아마 입국도 거절당할 거야. 세르게이가 말했다. 한국에서 널 받아줄 리 없잖아.

팜이 어깨를 으쓱했다. 동생만 찾으면 다른 나라로 갈 거예요.

어디로 갈 건데?

좀더 살기 좋은 나라로.

그러니까 어디?

뉴질랜드?

픽이나. 세르게이가 피클을 골라내며 말했다. 그는 오른손 검지와 엄지로 집은 피클을 짐에게 들이밀었다. 먹을래?

아니요.

보리랑은 무슨 사이야? 세르게이가 물었다.

짐은 고개를 저었다. 아무 사이도 아니에요.

가끔 여기서 나가는 사람들이 있긴 하지만 좀 특이한 경우거든.

밴을 찾으러 가는 길은 복잡했다. 밴은 지하 일층에 주차되어 있었다. 밴을 타고 건물 밖으로 나가기 위해선 계단을 통해 지하 이층으로 간 뒤 밖으로 나와 주차장을 지나서 지하 일층으로 간 뒤 차를 뺀 후 지하 사층으로 차를 몰고 가서 지하 사층에서 외부로 이어지는 지하 도로를 이용해야 했다.

알겠어?

네. 짐은 순서가 헷갈렸고 지하가 어쨌고 주차장이 어쨌다는 거야, 생각했지만 그냥 고개를 끄덕였다.

지하 도로 알아?

아니요. 짐이 고개를 저었다.

세계 최대, 최장의 지하 도로지. 남포까지 연결된다고 들었어. 나도 끝까지 가보진 못했지만. 세르게이가 말했다.

지하 도로 아래에는 독재정권이 지은 지하 감옥이 있었다. 정권이 무너지고 난 뒤 대부분의 수감자들이 풀려났지만 몇몇은 땅 위로 나오지 않고 절지동물처럼 지하에서 살아. 시체를 파먹으면서 말이야. 가끔 지하 주차장으로 올라와서 사람들을 습격한다더군. 어때, 오싹하지?

네…… 짐이 대답했다. 또 괴담이군. 짐은 생각했다.

방탄차 맞지?

네.

운전 잘해?

그냥. 버스 기사였어요.

세르게이는 고개를 끄덕였다. 그가 치킨버거를 내밀며 말했다.

하나 더 먹을래? 먹어둬. 갈 길이 멀거든.

4

취조실은 눈이 부실 정도로 희고 깨끗했다. 과거와 많이 다르군. 무하마드는 생각했다. 한쪽 벽면에 거울이 있는 건 똑같았다. 무하마드를 신문하는 직원은 마흔 중반 정도 됐을까, 깔끔하게 슈트를 차려입은 남자로 예의가 발랐고 범죄자에게 예의가 바르다는 사실에 자긍심을 느끼고 있었다. 그는 스스로를 지나치게 사랑하는 것처럼 보였다. 남자는 무하마드에게 충분한 시간을 주며 천천히 답을 끌어내려 했지만 무하마드는 자꾸 정신을 놓았다. 말을 밖으로 뱉지 못할 뿐 생각은 멀쩡해. 그는 생각했지만 그의 생각은 현재가 아

니라 과거 속으로, 꿈과 현실이 결합된 가수면 상태로
가기 일쑤였고 정신을 차려보면 자신도 이해할 수 없
는 이상한 생각을 하고 있었다.

무하마드는 신문을 당하며 반세기 전의 기억 속으
로 들어갔다. 어차피 이제 머리가 이상해져서 기억을
정리하는 것도 불가능했고 합리적인 생각을 할 수도
없었다. 하지만 내가 언제 합리적인 생각을 한 적이 있
던가.

무하마드는 밀레니엄을 감옥에서 맞이했다. 육십삼
년 전의 일이다. 북한의 가족들은 생사를 알 수 없었
고 미래는 어두웠다. 남한의 아내는 그를 기다리겠다
고 했다. 무하마드는 아내에게 편지를 썼고 편지에서
다짐했다. 나는 어떤 일이 있어도 연구를 계속할 것이
고 이븐 바투타의 기행문을 완역하겠소. 이븐 바투타
는 14세기 이슬람 여행가로 본명은 아부 압둘라 무하
마드 이븐 압둘라 이븐 무하마드 이븐 이브라힘 알 라
와티이다. 삼십 년간의 여행을 제외하면 생에 대해 알
려진 바가 없으나 익히 알려진 마르코 폴로는 이븐 바
투타에 비하면 한낱 저광도의 뭇별에 지나지 않는다
고 무하마드는 편지에 썼다. 아랍어 원전을 우리말로

옮기는 것은 아직 생소한 일이오. 내가 최초로 완역한 이븐 바투타 여행기는 좋은 출발이 될 것이오. 알라께 삼가 찬미를 보내니, 당신은 이 원고를 귀히 여겨 전달 바라오. 무하마드를 담당한 간수는 사십대 후반의 금욕적인 기독교도로 무하마드와 얘기하는 걸 좋아했다. 간수는 무하마드가 왜 그렇게 열심히 공부하는지 궁금했다. 왜 감옥에서 아랍어를 번역하는지, 그 책이 번역되어 나오는 게 한국이랑 무슨 상관이란 말인가. 하물며 북한과 무슨 상관이겠는가. 무하마드는 그럴 때마다 역사의 발달 과정과 문명 교류의 중요성에 대해 장황하게 설명했지만 간수는 이해하지 못했다. 먹고사는 데 도움은 됩니까.

재앙은 지진이나 홍수처럼 갑자기 도래하는 게 아니오. 무하마드가 말했다. 우리가 눈을 감았기 때문이오. 뭐가 재앙이란 말인가요. 간수가 물었다. 그의 중학생 아들은 래퍼가 꿈이고 아버지의 직업을 배경으로 곡을 썼다. 랩 속에서 아버지는 감옥이고 아들은 탈옥수였다. 이런 게 재앙인가요?

눈을 떠야 하오. 무하마드는 이주국 직원에게 여러 번 반복해서 말했다. 이주국 직원은 무하마드와 말이 통하지 않는다고 생각했다. 이 노인은, 노인이라고 말하기도 힘들 정도로 늙어버린 이 미라는 거대 담론 비슷한 어떤 것에 완전히 빠져 있군. 이주국 직원은 생각했고 의사에게 진정제를 놓은 후 유치장에 가둬버리라고 했다.

보리는 거울의 뒷면에서 무하마드가 끌려나가는 모습을 지켜봤다. 보리와 함께 그 모습을 보고 있던 보리의 아버지는 고개를 저었다. 역시 이주 노동자들은 안 돼.

무하마드는 한국에 온 지 칠십 년이 넘었어요. 국장님이 태어나기도 전에 왔다구요. 보리가 말했다. 보리의 아버지는 그게 무슨 상관이냐고 했다.

어쨌든 여기서 태어나지 않았잖니. 피는 못 속인다. 안 그러냐, 딸아.

류경호텔의 계단실은 차갑고 습했다. 특히 상층부의 계단은 누구도 사용하지 않았고 청소하지 않았으며 냉난방도 안 됐지만 늘 청결했고 기분 나쁘게 일정한 온도가 유지됐다. 수천 년간 모래 속에 묻혀 있었던 피라미드의 계단 같아. 보리가 생각했다.

그녀는 아버지의 카드를 훔쳐 무하마드와 안드레아를 유치장에서 빼냈다. 무하마드는 진정제 약효가 남아서인지 정신을 차리지 못했다. 그는 무하마드를 휠체어에 앉히고 안드레아에게 밀게 했다.

계단으로 가야 해요.

계단이요?

안드레아가 반문했다. 여긴 칠십오층이에요.

잠깐 쉴게요.

스무 층 정도 내려간 후 안드레아가 말했다. 그는 업고 있던 무하마드를 내려놓고 주저앉았다. 보리도 들고 있던 휠체어를 벽에 세우고 계단에 앉았다. 무하마드는 눕듯이 기댄 채 천장을 바라보고 있었다. 백색 형광등에 비친 그의 얼굴은 전분을 뿌려 바싹 말린 파라오처럼 보였다.

빨리 가야 돼요. 보리가 말했다.

안드레아가 원망이 가득한 눈으로 보리를 쳐다봤다. 보리가 어깨를 으쓱했다.

갈 수 있는 방법이 이것밖에 없는데 어떡해요.

죽을 것 같아요.

안드레아가 말했다. 무하마드는 뼈만 남은 상태였지만 본래 거구여서 무게가 꽤 나갔다. 평소였다면 무하마드를 업고 한 걸음도 옮기지 못했을 것이다. 절박한 상황이 되니까 되고 안 되고를 생각할 틈이 없었다. 그냥 난간을 잡고 걸음을 옮겼다. 그러나 여기까지다. 정말 못해먹겠다. 안드레아는 생각했다. 다리에 감각이 없었다. 몸에 힘이 빠져 중력이 없는 허공에 떠 있는 기분이 들었다.

안드레아는 몸 쓰는 걸 싫어했다. 운동을 좋아하는 사람도 싫어했다. 안드레아는 노동이 사라진 세상을 슬픈 마음으로 꿈꿨다. 안드레아, 노동과 운동은 다른 거야. 짐이 말했다. 아니에요. 그건 다른 것 같지만 같은 거예요. 안드레아는 은진과 함께 수영을 배웠고 은진은 한 달 만에 상급반으로 옮겼다. 반면 안드레아는 킥판을 놓지 못했다. 그는 앞으로 나가지 못했고 뒤로 간다고 생각했고 왜 발이 움직이지 않지, 생각했다. 물은 좋아요. 물은 투명하고 소독약 냄새가 난다. 안드레아는 바닥에 발을 딛고 걷는 걸 좋아했다. 어릴 때 목욕탕. 기억나요? 짐은 고개를 저었다. 짐은 목욕탕에 가본 적이 없었다.

물속에 있는 거 같아요.

안드레아가 보리에게 말했다. 수은으로 가득찬 수영장에서 수영하는 것 같아요. 뻑뻑하고 끈적끈적한 액체 속에 갇힌 느낌 있잖아요.

안드레아가 목의 땀을 닦으며 말했다. 무슨 소릴 하는 거야. 보리는 생각했지만 반문하지 않았다. 안드레아는 처음 알았을 때부터 이상한 소리를 하는 사람이었지만 자신이 이상한지 모르는 것 같았다. 그는 머리가 비상하게 좋았고 정이 넘쳤지만 낯을 심하게 가렸고 터무니없는 이상주의에 빠져 있었다. 때때로 멍하니 서서 슬프고 무서운 어떤 것을 생각했고 안드레아, 뭐해요, 라고 물으면 고개를 젓고는 하루종일 아무 말도 하지 않았다.

그때에 비하면 많이 나아졌지. 보리가 생각했다. 사회성도 좋아졌고 여자친구도 생겼고 심지어 결혼 준비중이잖아.

안드레아, 조금만 더 힘내요.

안드레아가 고개를 끄덕였다. 누워 있던 무하마드가 몸을 살짝 비틀며 얕은 신음성을 냈다.

괜찮겠죠? 안드레아가 말했다.

괜찮아야죠. 보리가 말했다.

5

보리가 지하 일층 문을 열었을 때 건물 전체의 불이 나갔다. 놀란 안드레아가 보리를 부르며 허둥지둥하자 보리는 한 손으로 무하마드가 앉아 있는 휠체어를 단단히 잡고 다른 손으로 안드레아의 등을 토닥였다.

진정해요.

류경호텔은 전력 부족으로 자주 전기가 나갔다. 정전은 잠시였다. 곧 있으면 보조 발전기가 작동할 거고 전력이 복구될 것이다. 하루에도 서너 번씩 있는 일이다.

오히려 잘됐어요.

보리는 핸드폰을 꺼내 주위를 살폈다. 지하 주차장은 평소와 다름없이 조용했다. 기둥과 벽에 설치된 램프가 푸른빛을 내며 길을 안내했다. 그들이 나온 곳은 ㄴ-4구역이었다. 밴은 ㅈ-8구역에 있다. 십 분만 걸어가면 된다. 어려울 게 없다.

류경호텔 지하 주차장은 출입 차량 수에 비해 지나치게 넓었고 대부분의 공간이 비어 있었다. 구석에는 자재들이 쌓여 있었다. 남는 공간을 활용하자는 의견이 있었지만 무시당했다. 남아도는 게 공간이야. 보리의 상관이 말했다.

불 켜도 돼요?

안드레아가 핸드폰을 꺼내며 물었다.

아니요. 그냥 절 잡고 따라와요.

보리는 핸드폰의 불빛을 가장 약하게 하고 빛을 아래로 한 뒤 벽을 따라 천천히 걸었다. 무하마드의 휠체어가 윙윙 소리를 냈지만 큰 소음은 아니었다. 지하 주차장 입구 쪽에서 출입 경고음이 들리더니 헤드라이트 불빛이 보였다.

숙여요.

보리와 안드레아는 벽에 기대앉아 헤드라이트 불빛

이 광활한 지하 주차장 내부를 방황하는 모습을 보았다. 빛은 갈 곳을 잃은 강아지처럼 서성이다 한곳에 정착했다. 보리는 다시 안드레아를 끌고 이동했다.

턱 조심해요.

보리가 말했다. 말하기 무섭게 억, 하는 소리와 함께 안드레아가 휘청였다.

턱에 걸렸어요.

무하마드의 몸이 꿈틀하는 게 느껴졌다. 정신을 차린 건가. 보리는 무하마드에게 속삭였다. 이주국을 나가는 중이에요. 조금만 참아요.

그때 건너편 구역에서 차문이 닫히는 소리가 났다. 두 개의 손전등이 허공에서 교차하며 빛을 뿌리는 모습이 보였다. 보리는 재빨리 안드레아의 몸을 아래로 끌었다.

텅 빈 주차장을 울리는 발걸음 소리가 들렸다. 한 명은 여자고 한 명은 남자였다. 하이힐과 구두. 힐을 신고 다니는 직원은 몇 명 없었다. 누구지? 손전등의 빛이 보리의 머리 위를 스치고 지나갔다.

정전 좀 어떻게 안 되나? 남자의 신경질적인 목소리가 들렸다. 적응할 때도 됐잖아요. 여자가 덤덤한 목소리로 대꾸했다.

경호랑 은혜군. 보리가 생각했다. 이주국 후배들이었다. 열심히 일하고 적당히 투덜대는 친구들. 나쁠 건 없지만 가까이할 수 없는 동료들이었다. 보리는 그들 앞에서 늘 거짓말을 했고 말실수를 하지 않을까 초조해했다. 속마음을 감추고 행동을 조심하고 티가 나지 않게 경계했다. 이주국 동료들은 보리가 거리를 둔다고 생각했다. 좋게 말하면 태도가 깔끔한 거고 쉽게 말해 재수없는 타입. 아빠가 국장이라서 저러는 거야? 일은 잘하잖아. 보리는 성격이 그렇다는 말로 둘러대곤 했다. 낯을 가리는 성격이에요. 하지만 보리는 낯을 가리지 않는다. 그녀는 다른 사람이 자신을 어떻게 생각하는지에 대해 생각하는 걸 포기한 지 오래다. 남들이 뭐라고 지껄이면 그냥 속으로 조용히 생각했다. 다 망해버렸으면. 다 죽어버렸으면.

잠깐만 문이 열려 있는데.

은혜가 말했다. 그녀의 손전등 불빛이 계단실의 문을 향했다. 보리는 아차, 하는 생각이 들었다. 문을 안 닫았나.

휠체어를 잡은 손에 힘이 들어갔다. 계단실 문이 열

려 있는 걸 보면 그냥 넘어가지 않을 것이다. 직원들을 동원해서 주차장을 뒤지기 시작할 거야. 지금 빠르게 움직여서 밴까지 가는 게 낫지 않나. 아니야. 대수롭지 않게 생각할 수도 있지.

씨발.

보리가 조용히 욕을 뱉었다. 은혜는 늘 눈썰미가 좋았다. 교육을 받을 때부터 눈이 밝았고 주변을 잘 살폈으며 호기심도 많고 의심도 많았다. 같이 일을 하면 상대를 편하게 해줬다. 그러나 지금은 그런 성향이 문제다.

그냥 열린 거 아니야?

경호가 말했다. 그러나 그는 말과 다르게 품에서 총을 꺼냈다. 은혜 역시 총을 꺼냈다. 둘은 총과 손전등을 겹쳐서 잡고 문으로 발걸음을 옮겼다.

그때 입구에서 출입 경고음이 크게 울렸다. 굉음을 내며 장갑차가 들어왔고 뒤따라 스타렉스가 들어오는 모습이 보였다.

가요.

보리가 휠체어를 밀며 빠르게 걸음을 옮겼다. 안드레아도 뒤를 따랐다. 은혜와 경호는 장갑차가 들어오

는 쪽을 힐끔 보고는 다시 문 쪽으로 빠르게 걸음을
옮겼다.

조금만 더 가면 돼. 보리가 생각했다. 차만 타면 빠
져나가는 건 금방이야. 보리도 이런 종류의 일은 처음
이었다. 이주국은 피라미 난민 몇 명이 나가는 것 따위
는 신경쓰지 않았다. 그러나 무하마드와 안드레아는
문제가 다르다. 국가산하 연구소의 수장이자 국립대학
교수가 테러리스트라니. 서울의 이주국에서 조사원이
파견 나올 예정이었다.

순간 눈앞이 환해졌다. 정전이 생각보다 빠르게 복
구되었다. 오른쪽으로 십 미터 정도 떨어진 곳에 세워
진 밴이 보였다.

6

그 무렵 나는 레지스탕스처럼 살았다.

무하마드의 메시지가 모니터에 떴다. 정신을 차린 무하마드는 처음 말을 배운 아이처럼 아무 말이나 계속했다. 밴은 지하 일층을 지나 지하 이층으로 진입했고 짐은 지하 주차장의 표시등을 유심히 봤지만 아래 층으로 가려면 어느 방향으로 가야 하는지 알 수 없었다.

당연하지. 차를 타고 아래로 내려올 일이 없거든. 세르게이가 말했다. 보리는 밴 안에 타고 있는 세르게이와 팜을 보고 당황했다. 순간적으로 차를 잘못 탔나 하는 생각이 들었다.

여기 왜 있어요?

같이 가려고요. 세르게이가 말했다. 당연한 걸 물어보냐는 말투였다. 팜도 옆에서 거들었다. 어차피 난민 신청 안 받아주겠죠?

전 말렸어요. 짐이 백미러를 보며 말했다. 차 안은 사람 머리로 가득차 있었다. 만원 버스같이 보였고 실소가 나왔다. 만원 버스였다면 얼마나 좋을까. 늘 다니던 길을 비슷비슷한 사람을 태우고 가고 있다면 얼마나 마음이 편할까. 짐은 생각했지만 이상하게 지금도 마음이 편했다. 이주국이 언제 총알을 퍼부을지 몰랐지만 두렵지 않았다. 안드레아는 세르게이의 어깨에 눌려 밴 구석에 찌그러져 있었다. 그는 호기심이 가득한 눈으로 새로운 동승자들을 지켜봤다.

세르게이가 창밖에 대고 가운뎃손가락을 올렸다. 아무도 보는 사람이 없었지만 그는 신이 나서 자신이 십년간 머물렀던 호텔이자 난민캠프에 엿을 날렸다. 무하마드의 모니터에는 계속해서 새로운 메시지가 떴다. 평양은 팩스로 지령을 전달했고 나는 대낮의 교정에서 작전을 수행했다. 1993년이었고 호황이 서울을 휩 썼다. 사람들은 1953년의 정전협정을 잊었고 나는 홀로 전쟁중이었소. 사람들은 전쟁이 어딨냐고 물었다. 전쟁은 팩시밀리 속에 있었고 TV 속에 있었고 논문 속에 있었다.

밴은 지하 삼층으로 내려갔다. 지하 삼층은 불이 꺼져 있었다. 벽에 붙은 희미한 초록색 램프 몇 개 외에는 어떤 것도 보이지 않았다. 짐은 전방 헤드라이트를 켰다.

짐, 시간 없어요. 보리가 말했다.

짐은 주차장의 라인을 무시하고 지하 출입구로 여겨지는 곳으로 핸들을 틀었다. 텅 빈 주차장에 바퀴 소리가 울렸다. 바깥의 온도가 느껴지지 않는데도 냉랭한 기운이 팔에 닿는 게 느껴졌다. 세르게이는 창문을 내리고 손전등으로 밖을 비췄다.

뭐하는 짓이야? 보리가 날카롭게 외쳤지만 세르게이는 손사래쳤다. 어차피 여긴 아무도 없어. 세르게이의 불빛이 바닥에 닿자 벌레들이 빠르게 흩어졌다.

봤어? 세르게이가 말했다. 팜이 고개를 흔들었다. 빛이 닿는 순간 그림자가 언뜻 사라지는 것 같았고, 흙먼지가 날리며 무언가 튀어오르는 것 같았지만 착시겠

105

지. 팜은 어둠을 바라보지 않았다. 그녀는 빛이 그리웠다. 뜨겁게 내리쬐는 햇살 위를 끝없이 걷고 싶었다.

미국의 신지식인 운동은 1978년에 시작됐고 브라질 원주민의 언어를 연구하는 인류학자 데니스 무어는 신지식인 수상 연설에서 노스트라다무스의 예언이 거짓이라고 했지만 감옥에선 종말론이 유행이었다. 무하마드가 말했다. 나는 수감자들을 모아놓고 이야기했소. 종말론은 기원전 6세기 바빌로니아에 잡혀간 유대인들로부터 시작됐다. 신지식인은 어떤 사람들인가요. 수감자들이 물었다. 신지식인이 되려면 어떻게 해야 되나요. 글로벌 빌리지가 실현됐고 문명 교류는 다른 차원으로 접어들었다. 나는 정보와 교류의 관점에서 역사를 되짚길 원했지만 남북한 모두 돈 벌 궁리만 했다. 수감자들은 잠이 들었고 나는 내가 갇힌 곳이 어느 나라의 감옥인지 알기 위해 죄수복을 뒤져야 했다.

밴은 지하 사층으로 내려갔다. 지하 사층은 완전한 암흑이었다. 마감이 되지 않은 바닥은 울퉁불퉁했고 천장에 맺힌 지하수는 굵은 빗방울처럼 툭 툭 아래로 떨어졌다. 밴은 덜컹거리며 앞으로 나아갔고 헤드라이터 너머의 어둠은 끊임없이 뒤로 발을 뺐다. 어디가 끝이고 어디가 시작인지 측정할 수 없었다.

세르게이. 어디로 가야 돼요? 짐이 물었다.

세르게이는 손전등을 들고 밖을 여기저기 비췄지만 길을 찾지 못했다. 짐은 벽에 차를 붙이고 빠르게 층 안을 돌았다. 밴은 심해의 축축한 바닥을 떠도는 노틸 러스호처럼 어둠을 부수며 나아갔다. 종말과 묵시는 절망과 기대에서 태어난 무형의 쌍생아일 뿐이오. 무 하마드가 말했다. 눈을 떠야 하오.

저 사람 시체 아니었어? 왜 이렇게 시끄러워.

세르게이가 말했다. 보리는 눈살을 찌푸렸다. 다 듣 고 있어. 조용히 하고 길이나 찾아.

이주국은 어떻게 된 거야?

곧 올 거야. 보리가 말했다. 짐 일행은 경호와 은혜 가 계단실로 들어간 뒤 출발했다. 무하마드와 안드레 아가 사라졌다는 걸 눈치채는 건 시간문제였다. 경보 음이 울릴 거고 운이 나쁘면 평양시 전체가 봉쇄될지 도 모른다. 보리는 생각했다. 하지만 이 정도 문제로 그렇게 할까. 보리는 국장이 어떻게 나올지 궁금했다. 내가 카드를 훔쳐 이들을 빼낸 사실을 알면 어떤 반응 을 보일까. 침착하게 절차를 밟고 수배 명령을 내릴까,

직접 직원을 데리고 쫓아올까. 보리는 자식의 배신에 부모가 받을 충격이 궁금한 게 아니었다. 이주국 국장이자 책임자로서 그가 어떻게 나올지 궁금했다. 그의 경력에 치명적인 타격이 될 수 있는 일이었다. 아니면 삶에 일종의 드라마가 부여될지도 모르지.

저기 아니야? 짐이 세르게이에게 말했다. 헤드라이트의 불빛이 벽에 난 구멍을 비추고 있었다. 지하 도로로 통하는 입구였다. 통로는 고대의 유적을 파헤친 도굴꾼의 구멍처럼 보였다. 알라께 삼가 찬미를 보내니, 무하마드가 말했다. 거대한 빛의 창이 콘크리트를 뚫고 지나갔다. 빛을 따라 밴도 콘크리트 속으로 모습을 감췄다.

7

모든 것에는 그것에 대한 느낌이 있다. 보리는 일기
에 썼다. 모든 것에는… 그것에 대한…… 그러나, 보
리는 생각했다. 모든 것이 끝났어. 보리는 우울증이 시
작된 게 언제부터인지 알기 위해 일기를 뒤졌지만 알
수 없었다. 자신이 느꼈던 기쁨이나 슬픔, 걱정과 기
대, 즐거움과 호기심 등 사소한 감정이 모두 나열되어
있었지만 지금의 상태가 언제 시작된 것인지 찾을 수
없었다. 최악이라고 생각했던 시기에서 사소한 기쁨을
발견했고 좋았던 날에서 절망에 가득찬 목소리를 찾
았다. 늘 오락가락하는군. 그럼 지금도 그 정도의 감정

기복인가. 아니었다. 이건 슬프거나 절망적인 게 아니야. 이건 비극이 아니야. 보리는 생각했다. 정신과 의사는 경미한 우울증이니 초기에 잡아야 한다고 말했다. 그녀는 우울증이 무슨 감기야, 라고 생각했지만 정신과 의사는 그녀의 마음을 본 듯 말했다. 우울증은 감기와 같은 거죠. 흔하고 치료할 수 없고.

노 모어 건스 운동을 한 지 십 년이 흘렀다. 큰 변화가 있을 거라 기대하지 않았다. 그러나 모르는 사이 아주 큰 기대를 하고 있었던 것 같다고 보리는 생각했다. 지금보다 나빠지진 않겠지, 라는 기대. 이게 엄청난 거라는 사실을 몰랐을 뿐이야. 나빠지지 않는 게 가장 힘든 일이야. 보리는 생각했다. 나빠지지 않으려면 미친 듯이 좋아져야 해. 그러면 겨우 나빠지지 않을 수 있지. 무슨 말인지 알겠어?

뭐라고 중얼거리는 거예요?

팜이 물었다. 보리는 노트북을 닫고 팜을 봤다. 팜은 눈에 띄게 아름다운 외모를 가지고 있었지만 그게 그녀의 인생에 도움이 되진 않을 것이다. 사람들은 그녀의 외모에서 아름다움을 발견하지 않았다. 국적과 신분을 발견했다. 아름다움은 그 아래로 수렴되었다.

그냥. 어떻게 빠져나가야 되는지 찾아봤어요.

짐은 지하 도로를 벗어나는 순간부터 최대한 속력을 냈다. 밤이었고 평양 시내의 고층 빌딩은 야한 느낌의 네온 불빛으로 가득찼다. 강판처럼 생긴 고층 아파트의 윤곽은 계통을 알 수 없는 아름다움으로 치장되어 있었고 감색 밤하늘을 등에 진 스카이라인은 습기와 먼지가 뒤섞인 바람에 흩날렸다.

우라질 공산주의. 세르게이가 창문을 내리고 말했다. 나는 평양 시내가 너무 좋아. 보리는 세르게이를 말리지 않았다. 그녀도 바람이 필요했다. 바람은 먼지와 죽음을 실어날랐고 그 안에는 소량의 활력과 생명도 있었다. 바람이 맨살에 닿으면 죽음에 대한 공포와 살아 있다는 자각이 함께 찾아왔다. 그건 이상한 청량감이었다.

중력파는 한번 생기면 영원히 사라지지 않는대요. 안드레아가 말했다. 백오십억 년 전에 빅뱅이 있을 때 처음 생긴 중력파가 아직도 우주 어딘가에 있다는 말이에요. 우리는 전 시대의 대기와 전전 시대의 대기, 어쩌면 기원전의 대기를 마시고 있는지도 모른다. 너무 많은 오염과 먼지가 과거와 미래를 가로막았고 현재를 영원히 반복되는 일상 속에 빠뜨렸지만 바람은 대륙과 시대를 넘어 불어왔다. 한번 생긴 것은 영원히 사라지지 않는다.

안드레아가 무하마드의 몸에 담요를 덮었다. 무하마드는 잠이 들었다. 안드레아는 보리를 보며 말했다.

이제 어디로 가면 돼요?

함흥. 보리가 말했다. 함흥으로 갈 거예요.

함흥에서 배를 타고 두만강을 통해 만주로 들어간다. 추방자 무리에 섞여서 가면 돼요. 보리가 말했다.

짐은 내비게이션을 봤다. 평양-원산 간 고속도로가 코앞이었다. 고속도로를 타고 마식령을 통과한 다음 7호선 국도를 탄다. 돌아가는 길이었지만 제대로 된 도로는 이 길밖에 없었다.

밴은 상원을 지났고 곡산을 지났으며 신평을 지났다. 가드레일도 중앙분리대도 차선도 차도 빛도 없는 고속도로는 등고선 위를 천천히 달렸다. 노면은 불균질했고 어둠은 끊임없이 창문을 두드렸다.

수영복을 사야겠어. 세르게이가 말했다. 바다를 보는 거지?

아무도 대답하지 않았다. 세르게이도 딱히 답을 들을 생각은 없었다.

조금만 더 가면 터널이 나올 거예요. 보리가 말했다. 거기서 터널로 들어가지 말고 돌아가야 돼요. 알겠죠?

왜요?

지반이 너무 약해서 언제 무너질지 몰라요.

짐은 전방으로 시선을 던졌다. 고속도로도 터널과 다르지 않았다. 어떻게 가로등 하나 없지. 도로를 휘감은 숲은 어둠의 밀도와 질감을 다양하게 변주하며 추방자들을 압박했다. 짐은 콘솔 박스를 열어 스티뮬런트를 꺼냈다. 세르게이가 물을 건넸다.

고마워요.

나도 한 알 줘봐.

짐이 약을 건네자 세르게이는 지체 않고 삼켰다.

뭔 줄 알고 먹는 거야? 보리가 말했다.

뭐든 먹어두면 좋지.

짐은 고개를 끄덕였다. 먹을 게 있다는 데 감사해야죠.

수영복을 사야겠어. 그렇지? 세르게이가 말했다.

수영복 얘기 좀 그만해. 보리가 말했다.

칵테일은 어디서 팔지?

함흥에 유명한 랜덤 액세스 클럽이 있다고 들었어요. 팜이 말했다. 그녀는 신발을 벗고 발을 시트 위에 올려 두 팔로 무릎을 안고 있었는데 좁은 좌석임에도 불구하고 이상하게 편해 보였다.

그런 건 어디서 알았어?

호텔에서 중국인 우가 말해줬어요. 영사 하던 시절에 갔다고.

중국인들은 거짓말쟁이야.

그런 말 하면 못써요.

중국인들은 우라질 구라쟁이들이라고! 특히 우는 입이 작잖아!

세르게이, 시끄러워. 보리가 말했다.

저치가 나한테 이상한 약을 줬나봐. 막 흥분되는데. 세르게이가 말했다. 야, 나한테 뭘 준 거야.

짐은 백미러로 세르게이를 봤다. 희미한 빛이 그의 얼굴 윤곽을 드러냈다. 밤의 신전 앞에 놓인 조각상처럼 얼굴은 고저가 뚜렷했고 그림자 속에 잠긴 푸른 눈과 도드라진 콧등은 기이하게 빛났다. 짐은 보리와 팜도 봤다. 도로에 반사된 전조등의 빛이 그들의 머리 윤곽을 따라 희미하게 빛났다.

터널 아니야? 세르게이가 말했다.

네?

짐은 앞을 봤고 차는 순식간에 터널 안으로 빨려들어갔다.

8

밴은 십 킬로미터가 넘는 터널을 통과했고 원산을
지나 국도로 접어들었으며 문천, 룡담, 천내, 고원, 새
동, 금야를 지나 전탄강을 넘었다. 도로는 종종 끊겼고
짐은 두 번 길을 잃었으며 잘못된 도로로 접어들어 후
진을 하거나 왔던 길을 되돌아가야 했다. 내비게이션
은 위치를 잡지 못했고 없는 길을 있다고 했으며 있는
길을 없다고 했다. 노면은 최악과 최선을 오갔다. 멀리
서 파도 소리가 들렸지만 환청인지 실제인지 구분할
수 없었다. 동이 터오자 먼지구름이 지평선을 가로지
르며 움직이는 모습이 보였다. 짐은 헤드라이트를 끄

고 푸른빛이 점령하는 하늘을 보았다. 해가 뜨고 있었고 먼지로 가득한 대기를 뚫고 내려온 햇살이 산등성이의 숲을 비추었다. 인적이 없었고 건물도 없었으며 사물도 찾을 수 없었다. 모든 것이 사라진 그물 모양의 지도 위로 곡선형 도로가 끝없이 이어졌다. 짐은 이 도로와 순간들을 기억할 것이다. 그는 자신의 옆을 스쳐간 모든 자연물과 인공적인 구조물, 사람과 동물, 형태와 시간, 바람, 빛, 하늘, 나무와 흙먼지 그리고 생각들이 어디서 오고 어디로 가는지, 무엇이 이것들을 만들고 파괴하고 외면하는지 생각했고 생각의 아득함과 무력함을 느끼며 더이상 아무것도 바랄 게 없다고 생각했다. 그곳은 공허함과 만족감이 교차하는 무인지대였고 시속 백오십 킬로미터의 속도로 지나가는 풍경이 만든 거대한 착시였다.

안드레아는 두 손으로 얼굴을 만지며 자신의 안에 뭔가 보편적이고 이상적인 것이 있는지 느끼려 했다. 처음 보는 풍경이 그의 눈앞에 있었고 그러나 이것은 너무나 어둡고 칙칙한 곳에 내려앉은 한줄기 빛일 뿐이다. 곧 먼지가 이곳을 덮을 것이고 우리가 지나온 도로를 잠식할 것이다. 안드레아는 측정할 수 없는 슬

폼을 느꼈지만 동시에 몸안에서 뛰는 심장의 이상적인 박동을 느끼며 은진에게 편지를 썼다. 사랑하는 은진. 그러나 뭐라고 말해야 할지 알 수 없었다. 미래를 구체적으로 생각할수록 슬픔이 찾아왔다. 그는 터무니없이 무책임하고 추상적으로 생각하기 위해 노력했다. 우리는 아직 할 수 있는 게 많다. 우리는 생각한다.

차가 산등성이를 넘자 고원지대처럼 평평한 곳이 나타났다. 돌로 된 강이 길의 왼편에 길게 이어졌고 계곡은 도로 아래에서 굽이치고 있었으며 오른편에는 붉고 푸른 숲과 흙바닥이 묘한 조화를 이루고 있었다.

내비게이션은 다시 길을 잃고 지금의 위치를 동해의 어느 지점으로 표시했다. 짐은 속도를 줄였다. 왼편의 길을 따라 염소를 끄는 사내가 천천히 걸어오고 있었다. 잠에서 깬 보리가 짐의 어깨를 쳤다. 저 사람한테 길을 물어보자.

사내는 비쩍 말랐고 귀 뒤로 넘긴 긴 머리와 풍성한 수염을 가지고 있었다. 한 손으로는 염소의 목에 달린 끈을 잡고, 다른 손에는 머그잔을 든 채 일행을 지그시 바라보았다. 무언가 생각하는 것 같았고 아무 생각이 없는 것 같기도 했다. 염소는 목에 달린 방울을 달랑거리며 이리저리 움직였다. 보리는 사내에게 함흥에 가는 길이라고 했다. 남자는 지금 길을 따라서 계속 가면 작은 호수가 나올 텐데 그때 포장되지 않은 호수의 왼편 숲길을 따라 일 킬로미터만 가면 복구된 국도를 탈 수 있다고 했다.

어디 가는 길이에요? 세르게이가 물었다. 태워드릴게요.

괜찮아요. 친구를 만나러 갑니다.

아쉽네요. 제가 좋아하는 스타일인데. 세르게이가 말했다. 남자가 웃으며 고개를 저었다. 그는 염소의 턱을 만졌다. 너무 자연스럽고 부드러운 동작이었고 영원히 그렇게 만질 수 있을 것처럼 보였다. 전 동물을 좋아해요. 남자가 말했다.

3부

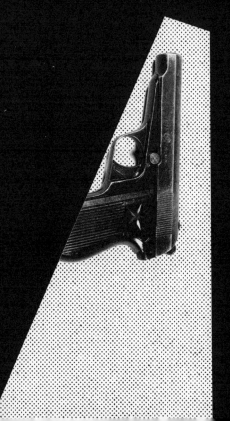

1막에 총이 나왔으면
3막에서는 총을 쏴야 한다.
—안톤 체홉

1

함홍에는 개가 많았다. 길을 걷다보면 무리를 지어 달려가는 개떼가 보였다. 그들은 야생에서 자란 것처럼 도시를 자유롭게 쏘다녔다. 아침이면 개들이 짖는 소리가 먼지 속을 가득 메웠다. 맑은 날이면 주민들은 개를 데리고 해변을 산책했다. 들개와 마주친 애완견은 으르렁거리거나 꼬리를 내렸고 주민들은 총을 꺼내 들개를 위협했지만 쏘진 않았다. 개판이군. 세르게이가 말했다. 왜 이렇게 개가 많아요? 글쎄. 안전하다는 증거 아닐까요.

짐 일행은 카페 ADRA의 이층에 있는 숙소에 머물

렀다. 주인인 마르셸 마르셸은 스위스-한국 혼혈 2세로 보리와 오랜 친구 사이였다.

마르셸이야. 보리가 일행에게 그를 소개했다. 마르셸은 이동식 침대에 누운 무하마드에게 다가가 볼뽀뽀를 건넸다. 오랜만이에요. 무하마드의 모니터에 메시지가 떴다. 마르셸.

카페 ADRA는 국제인권기구인 ADRA가 2006년에 세운 북한 최초의 카페였다. 당시 ADRA의 수장인 마르셸 브로타스는 북한에서 십 년간 살며 커피와 우유, 와인과 치즈를 외국인과 고위 당직자에게 팔았고 그 돈으로 빈민을 도왔다. 그러던 중 김명숙을 만났고 마르셸 마르셸을 낳았다.

아버지, 어머니. 마르셸이 카페 ADRA의 구석에 놓인 사진을 가리키며 말했다. 사람들은 ADRA를 스위스 카페라고 불렀고 별칭대로 ADRA는 치외법권이 보장되는 일종의 중립지대 역할을 했다.

다 옛날이야기죠.

마르셸이 말했다. 그의 어머니는 벤츠를 타고 온 노인의 총에 맞아 죽었다. 노인은 훈장이 잔뜩 달린 제복을 입고 있었고 표정에 짜증이 가득했다. 그는 돈과 치즈와 와인을 가져갔다. 아버지는 수사를 요청했으나 추방당했다. 그는 노인이 잡히는 걸 보지 못했고 로잔의 산골에서 연금을 받으며 서서히 죽어갔다. 마르셀은 평양을 떠나 함흥에 카페를 차렸다.

카운터의 뒤편에서 시바견이 걸어 나왔다. 기른 지 칠 년가량 된 개라고 했다. 사토가 망명할 때 데리고 온 개예요.

사토가 시바를 데리고 왔었어?

아닌가? 시바가 사토를 데리고 온 건가요. 마르셀이 말했다. 시바는 짐의 발치에 와서 고개를 들었다. 그는 짧은 꼬리를 단단하게 말고 짐의 주변을 맴돌았다.

시바 이름이 시바예요?

네. 마르셀 마르셀이 대답했다. 이름 짓는 게 제일 어려워요.

짐과 팜은 팜의 동생인 수영의 집에 가기로 했다. 팜이 수영의 집주소가 적힌 쪽지를 보여주자 마르셀은 멀지 않은 곳이라고 했다.

버스 타고 가면 금방이에요. 이십 분?

팜은 마르셀에게 꽃을 선물받았고 세르게이는 보드

카를 챙겼다. 마르셀은 함흥 주민들이 가장 좋아하는 게 꽃과 술이라고 말했다. 꽃을 재배하기 시작한 지 얼마 안 됐고 기후가 엉망이라 제대로 된 재배는 힘들지만 장미는 어디서나 잘 자라지요. 보드카는 독일에서 수입해 오는 것으로 병에 커다란 눈을 가진 꼬마 괴물이 그려져 있었다.

파이클링Feigling. 겁쟁이란 뜻이에요. 마르셀이 검지로 병을 짚으며 말했다.

세르게이는 0.1리터짜리 작은 병에 든 다양한 맛의 보드카를 주머니에 쑤셔넣었다. 만세. 술이다. 그는 무화과맛을 보리에게 건넸다. 보리는 뚜껑을 열어 보드카를 입에 털어넣었다.

무화과맛이야?

무화과를 먹어본 적 없어서 모르겠어. 보리가 말했다.

세르게이는 아메리칸 아이스티맛 보드카를 마셨다. 보드카 맛이 아이스티맛이라니, 요즘은 이런 게 유행이야?

제가 제일 좋아하는 맛이에요. 마르셀이 말했다. 어때요?

우라질 고향의 맛이야. 세르게이는 한창 잘나갈 때 온갖 종류의 보드카를 다 마셨다고 말했다. 러시아, 우크라이나, 핀란드, 스웨덴, 노르웨이, 독일, 미국, 폴란드, 심지어 일본에서도 보드카를 생산했었지. 가라앉기 전에 만든 건지 가라앉은 후에 떠오른 건지 모르겠지만 일본 보드카에는 후지산이 그려져 있었고 친구들은 욱일승천기가 그려진 티셔츠를 입고 건배를 했어. 나는 뭐든 오리지널을 좋아하고 무슨 무슨 맛이 들어간 보드카 같은 건 취급 안 했는데 알료샤가 그러더군. 빌어먹을, 순수한 맛 같은 건 없다고.

세르게이는 하나씩 뚜껑을 열어 맛을 보더니 짐과 팜에게 버블껌과 애플파이 맛을 건넸다. 이거면 충분할 거야.

팜은 누런 종이에 포장된 장미꽃 다발을 옆구리에 끼고 보드카 뚜껑을 열었다.

마시려고요?

용기가 필요해요. 팜은 애플파이맛 보드카를 입에 한참 머금고 있다가 겨우 삼켰다.

총은 챙겼어요? 보리가 말했다.

짐은 외투를 들어 총과 방탄복을 보여줬다. 그는 안

드레아가 건네주는 마스크를 얼굴에 썼다. 팜 역시 마스크를 쓰고 방탄복을 입었다.

해 지기 전에 돌아와요. 보리가 말했다.

금방 갔다 올게요. 짐이 말했다.

2

수영의 집은 시 중심에서 조금 벗어난 지역의 공동
주택에 있었다. 함흥 사람들은 공동주택을 콤무날카라
고 불렀다. 백 년 전 구동독의 총리 빌헬름 피크의 원
조 아래 짓기 시작한 양식의 건물들은 1990년대 이후
더이상 생산되지 않았지만 허물어지지 않았고 콤무날
카에는 여전히 가난한 사람들이 살고 있었다.

날씨는 흐렸고 곧 비가 올 것 같았다. 버스는 바다
가 보이는 해안도로를 달렸고 인적이 사라진 비날론
공장지대를 지나 낮은 단층 주택이 이어지는 좁은 도
로로 접어들었다. 주택 사이의 공터에서 공을 차는 아

이들이 보였고 간판이 없는 상점 밖의 테이블에 수건을 덮어쓴 사람들이 턱을 괴고 앉아 어딘가를 바라보았다. 축축한 물기를 머금은 바람이 불었다. 가볍게 젖은 먼지들이 벽과 아스팔트, 창문과 외투, 얼굴, 마스크, 머리카락 위로 내려앉았고 짐과 팜은 눈썹을 닦으며 차창 밖을 바라봤다.

동생을 보면 무슨 말을 할 거야, 라고 짐은 팜에게 물어보지 않았다. 괜한 질문인 것 같았다. 팜은 말없이 장미를 만지작거렸다. 짐은 어색한 분위기를 풀어볼까 생각했지만 그랬다가 더 어색해질 것 같았고 질문은 아무 소용없는 거라는 사실을 깨달았다. 버스 기사는 느긋하게 커브를 돌았고 좌석에 앉은 서너 명의 승객들은 핸드폰을 보고 있었다. 이건 뭔가 지방에 온 느낌이야. 짐이 생각했다. 도시는 시간이 멈췄다 서서히 흘러가고 있는 것처럼 보였고 버스는 영원히 같은 물길을 오가는 나룻배처럼 느껴졌다. 무슨 느낌인지 모르겠네. 짐은 생각했지만 어쨌든 지금의 분위기가 좋았고 어둑하고 지저분한 하늘이 나쁘지 않았다.

동생을 보면, 팜이 말했다. 무슨 말을 하죠?

오랜만에 보는 거죠?

실제로 보는 건 처음이에요.

뭐라고 하는 게 좋을까요? 짐이 팜을 보며 말했다. 그녀는 큰 눈으로 짐을 빤히 보고 있었는데 정면으로 마주하기에 지나치게 아름다웠고 쑥스러운 감정이 들었다.

짐, 제가 물었잖아요.

실물이 낫네. 어때요? 짐이 말했다.

별로예요. 실례 아니에요?

그럼…… 그동안 어떻게 지냈어?

그것도 별로.

오늘 날씨 좋다?

안 좋잖아요. 팜이 말했다.

저한테 짜증내는 거예요? 짐이 말했다. 팜은 이를 드러내며 웃었다. 그건 아니에요. 그냥 불안해서 그래요. 집에 없을지도 모르고. 연락이 갑자기 끊겨서 걱정돼요.

팜은 고개를 돌려 창밖을 바라봤다. 버스는 언덕을 올라가고 있었다. 좌측으로 낮게 펼쳐진 건물들이 보였다. 언덕을 타고 올라온 바람이 창 안으로 훅 들어와 머리카락을 흩날렸다.

보고 싶었어. 짐이 말했다.

보고 싶었다. 좋네요. 팜이 말했다. 보고 싶었다를 표현할 수 있는 다른 한국말은 없어요? 안드레아에게 들었는데 짐은 글을 쓴다면서요.

짐이 미간을 찌푸렸다. 안드레아가 그런 얘기를 했어요?

네. 짐은 굉장한 작가야. 이렇게 말했어요.

미친 새끼. 짐은 속으로 생각했지만 말하지 않았고 머릿속으로 보고 싶었다를 어떻게 표현하면 좋을지 생각했다.

니 생각 많이 했어. 짐이 말했다. 이건 어때요?

팜이 고개를 끄덕였다. 좋아요. 근데 짐. 다 온 거 같아요.

3

무하마드의 부모는 1934년 대홍수를 피해 만주로
떠난 이주민이었다. 그해 6월은 이례적으로 추웠고 사
람들은 한파라는 표현을 썼다. 심상치 않은 날씨가 이
어졌고 7월, 8월 내내 큰비가 내렸다. 강이 불었고 파
도가 넘쳤으며 골목이 잠겼고 집이 떠내려갔다. 물을
조심해라. 무하마드의 부모는 그에게 말했고 무하마드
는 한 번도 물놀이를 가거나 해변을 거닐지 않았고 배
를 타지도 않았다. 보리가 추방자들의 배를 타고 엔지
로 간다고 했을 때 무하마드는 불길한 예감이 들었다.
그러나 산통을 깨고 싶지 않았다. 내륙으로 국경을 넘

는 길은 막혔다. 이주국은 추방자들의 배가 한반도에 정착하지 않는 이상 크게 관여하지 않을 것이다. 배는 블라디보스토크나 만주의 항구 어딘가에 정박할 것이고, 거기서 엔지로 가는 건 어렵지 않아요. 보리는 사람들에게 말했다. 무하마드는 대화를 나누는 안드레아와 보리, 세르게이와 마르셸을 보았다. 그런데 저 노란 머리의 남자는 누구지? 언제 우리 사이에 저런 이가 들어왔지. 무하마드는 생각했다. 오래전에 죽은 자신의 동료 타마크 알리를 떠올렸고 스파이 노릇을 했던 소비에트의 동료도 떠올렸지만 그들이 아니었다. 모두 죽었고 나만 남았다.

세르게이는 카페의 테이블에 놓인 사진집을 봤다. 2010년도에 나온 사진집으로 1980년대 샌타바버라와 마이애미의 풍경을 담고 있었다. 클래식이지. 마르셸이 세르게이에게 말했다. 원하면 가져가요. 세르게이는 고개를 저었다. 사진집은 너무 크고 무거웠다. 그는 주황빛 해변과 비키니, 스케이트보드를 타는 소년과 야자수가 늘어선 길, 모던하고 경박한 조형의 하우스를 봤고 마음에 드는 페이지를 찢었다. 해변이 보이는 언덕에 위치한 주택의 풍경을 찍은 사진으로 석양이 지고 있었고 멀리 도로 위를 달리는 오토바이가 보였다.

너무 뻔하고 흔한 풍경이라 꿈에서 보거나 영화에서 본 것 같아. 어쩌면 살았는지도 모르지, 세르게이는 생각했다. 내 전생이야, 이 자식아. 세르게이가 마르셀에게 말했고 마르셀은 두 손을 들며 그러시든지, 라고 중얼거렸다.

안드레아는 마르셀이 준 우유에 얼음을 넣어 마시며 은진과 은진이 울면서 봤다는 영화를 생각했다. 은진은 눈물이 많았고 안드레아는 눈물이 없었지만 은진이 울면 그도 눈물이 났다. 은진은 부정적이었고 안드레아는 긍정적이었다. 안드레아는 이게 성별 차이인지 자란 환경 차이인지 아니면 다른 요인 때문인지 알 수 없었다. 그러나 성별의 차이가 곧 자란 환경의 차이야. 안드레아는 생각했고 은진이 겪어야 했던 불행을 생각했지만 그 불행은 너무 크고 복잡해서 그로서는 짐작할 수 없었다. 안드레아는 우유를 다 마시고 남은 얼음도 모두 입에 넣어 씹었다. 시원하고 고소한 맛이 입안을 맴돌았지만 기쁨을 느낄 수 없었다.

맛있어요? 보리가 안드레아의 곁에 앉으며 말했다.

그녀는 손에 총을 들고 있었고 가끔 아무것도 없는 허
공을 겨눴다. 마르셀은 실내에선 총 좀 집어넣으라고
했지만 보리는 안전장치를 보여줬다. 걱정하지 마.

총을 들고 있다고 쏘는 건 아니야. 보리가 말했다.
보리는 총이 없으면 불안했고 그런 자신이 노 모어 건
스 운동을 한다는 사실이 우스웠지만 두 사실이 모순되
는 건 아니었다. 오히려 합리적이지. 하지만 안드레아
는 불안을 극복하지 않으면 명분을 내세울 수 없다고
말했다.

그러니까 총을 반대하려면 총을 버려야 한다는 거
예요?

그렇죠.

내 몸은 어떻게 지켜요?

그게 그 사람들 주장이잖아요. 안드레아가 말했다.

보리는 어깨를 으쓱했다. 늘 똑같은 논쟁, 똑같은 싸
움이었다. 보리가 노 모어 건스에 들어온 건 사람들이
좋았기 때문이었다. 그녀는 폭력을 둘러싼 논쟁에 지
쳤다. 그리고 더이상 노 모어 건스의 사람들을 좋아하
지도 않아. 이주국 직원들에 비하면 덜 싫은 정도였고
대다수의 한국인들과 비교해서 덜 싫은 정도였다.

내 삶에는 아무런 의미가 없어. 보리는 카페 밖으로 나오며 생각했다. 해가 지고 있었다. 생각을 해야 되는데 아무것도 떠오르는 게 없었다. 그녀는 생각한다는 걸 생각했고 텅 빈 도로 위를 움직이는 먼지바람을 봤다. 고통이 너무 점잖아서 고통을 느낄 수 없거나 느껴도 고통에게 뭐라고 할 수 없어. 이런 걸 아우슈비츠 증후군이라고 부른다. 그러나 나는 그런 참혹한 경험을 한 적이 없어. 나는 비극을 겪은 적이 없어. 보리는 생각했다. 비극을 소비하는 상상을 한 적도 있었다. 운석이나 핵폭탄, 지진이 덮쳐 폐허가 된 도시에 반려동물과 함께 살아남은 인류 최후의 생존자. 그러나 나는 그냥 재능 없는 노동자고 새로운 걸 꿈꾸기엔 너무 피곤해. 보리는 쉬는 시간의 대부분을 청소하는 데 썼고 가끔 누워서 핸드폰을 했다. 갈 수 없는 여행지를 검색하며 자신과 여행지 사이의 물리적 거리를 체험했다. 모든 게 너무 위험했고 불완전했으며 돈이 필요했다. 그러나 돈에 대한 이야기, 자본에 대한 이야기, 경제적인 이야기, 물질에 대한 이야기는 그만하자. 나는 유물론자가 아니고 모든 건 마음가짐에 달려 있는 거야. 그녀는 카페 ADRA의 외관을 보았고 불투명한 막에 쌓인 하늘의 뒤편에서 빛이 저무는 걸 느낄 수 있었다. 내가 제일 보고 싶은 건 그림자야. 길고 선명한 그림자. 그런데 마음이라니. 그런 게 왜 있는 거지?

휠체어에 탄 무하마드와 안드레아가 카페의 정원을 가로질러 서서히 다가왔다. 무하마드의 모니터에 메시지가 떴다. 내 나이 비록 백삼십밖에 안 됐지만 내가 써온 글과 읽은 역사를 생각하면 천 년을 산 것 같소. 그러나 지금 이 순간, 난 어제 태어난 것 같소.

보리는 유물론자의 눈으로 두 명의 이상주의자를 봤다. 저들이 아직 살아 있는 게 이상하군. 보리는 생각했다. 한 명은 너무 늙었고 한 명은 정신이 나갔어.

배는 내일 아침에 떠나요. 보리가 말했다.

무사히 갈 수 있을 거예요. 안드레아가 말했다.

어떻게 확신해요?

직관과 낙관주의로요.

안드레아가 웃으며 손에 들고 있던 컵을 내밀었다. 우유 마실래요?

4

수영은 집에 없었다. 짐과 팜이 문을 두드리자 잔뜩 경계한 중년 남자의 목소리가 들렸다. 누구요? 수영씨 집 아니에요? 짐이 말했다. 그게 누군데? 여기 사는 사람인데, 젊은 여자분이에요. 아무런 대답이 없었다. 팜이 짐을 바라봤다. 무슨 일 있는 거 아니에요? 짐은 다시 문을 두드렸다. 죄송한데 여기 산다고 들어서요. 안에서 대화를 나누는 소리가 들렸다. 중년 남자의 목소리 너머 비슷한 나이대의 여자 목소리가 들렸다. 뚱뚱한 여자 말이야? 중년 여자가 말했다. 네. 맞아요. 팜이 말했다. 그렇게 뚱뚱하진 않지만…… 걔 없는데. 중년 여자가 말했다. 갔어. 네? 이사갔다고. 언제요? 세 달 전에. 우리가 세 달 전에 왔거든. 팜의 인상이 구겨졌다. 그녀는 애써 울음을 참는 것처럼 보였다. 혹시 주소 아세요? 어디로 갔다든가. 짐이 물었다. 몰라, 몰라. 중년 남자가 말했다.

　팜은 콤무날카의 현관을 떠나려고 하지 않았다. 입구에 있는 철제 우편함을 뒤졌고 어딘가에 수영의 흔적이 있을지도 모른다며 잠겨 있는 창고 문을 흔들었다. 짐이 위험하다고 말렸지만 듣지 않았다. 우편함 따위에 뭐가 있을 리 없었다. 안 쓴 지 반백 년은 지난 것 같았고 천장과 이어진 벽면은 금이 가 있었다. 쇠창살 사이로 해질녘의 빛이 길게 늘어섰다.

　이제 가야 돼요. 짐이 말했다.

　그분들이 뭔가 알지 않을까요?

　팜은 짐을 잡았지만 짐은 그들이 문을 열고 나와 총을 쏠까 두려웠다. 뭔가 알고 있을 거라는 생각도 들지 않았다.

　아저씨.

　그때 계단 위에서 목소리가 들렸다. 짐과 팜이 위를

140

올려다봤다. 작은 키의 소년이 축축한 어둠 속에서 모습을 드러냈다. 까무잡잡하게 탄 얼굴에 차이나칼라의 쥐색 교복을 입은 중학생이었다. 짐은 반사적으로 총을 찾았다.

제가 알아요. 그 누나. 중학생이 말했다.

그는 수영의 맞은편 집에 살고 있었다. 짐과 팜이 문을 두드리고 중년 남녀와 이야기하는 내내 지켜봤지만 함께 사는 할머니의 눈치를 보느라 나올 수 없었다고 했다. 그 누나는 집에서 안 나왔어요. 중학생이 말했다. 매일 컴퓨터 앞에 앉아서 뭔가를 했는데 뭐하냐고 물으면 알 거 없다고 했어요. 짐과 팜은 중학생과 함께 콤무날카 밖으로 나왔다. 그는 해수욕장에 가는 길이라고 했다.

이 시간에 해수욕장은 왜요?

친구들 만나러 가요.

안 위험해요?

중학생은 곰곰이 생각하는 눈치였다. 잘 모르겠는데.

그의 목덜미에는 두 마리의 새가 그려진 문신이 있었다. 손에는 헤드폰을 들고 있었다. 짐과 팜의 질문에 대답은 꼬박꼬박 했지만 머릿속에는 다른 생각이 가득하거나 그냥 아무 생각이 없는 듯 보였다. 짐은 경계를 풀었다. 왜 아직 교복을 입고 있냐고 하니까 벗기 귀찮아서, 라고 했다가 그냥, 이라고 했다가, 잘 모르겠다고 말했다. 생각해본 적 없는데요. 그게 생각할 문제인가? 짐은 생각했지만 더 묻지 않았다. 중학생은 뭔가 생각하는 것 같긴 한데 그게 만날 친구들에 대한 건지, 집에 두고 나온 게임에 대한 건지, 내일 학교 수업에 대한 건지 짐작할 수 없었다. 중학생은 갑자기 펄쩍 뛸 것처럼 팔을 휘저었고 아, 소리와 함께 자신의 이마를 한 대 쳤다.

수영의 친구가 있었고 그는 마트의 배달 기사라고 했다. 수영의 집에 일주일에 한 번씩 왔고 그때마다 커다란 비닐백에 물건을 가득 담아 왔다고 말했다. 그는 중학생의 집에도 배달을 왔고 콤무날카의 대부분의 집에 배달을 왔지만 방안에 들어가는 건 수영의 집이 유일했다. 중학생은 손을 위로 들어 이 정도 키라고 했고 팔을 옆으로 벌려 이 정도 덩치라고 말했다.

야간에 일해요. 중학생이 말했다.

마트는 해수욕장에서 오 분 거리에 있었다. 같이 갈래요? 짐이 말했다. 중학생은 고개를 끄덕였다.

짐, 소설이 뭐예요?

중학생이 물었다. 그의 손에는 팜이 맡긴 꽃다발이 들려 있었다.

왜 그런 게 궁금해요?

짐이 깜짝 놀라 되물었다. 중학생은 팜에게 들었다고 했다. 짐은 소설을 써. 짐은 굉장한 작가거든.

근데 전 소설이 뭔지 몰라요.

짐은 해변과 바다의 어두운 경계를 보며 생각에 잠겼다. 파도 소리가 일정한 간격을 두고 들렸다. 뭐부터 말해야 하나. 우선 나는 소설을 쓰지 않고 굉장한 작가도 아니야⋯⋯ 소설은⋯⋯

짐과 중학생은 마트에서 조금 떨어진 낮은 층의 계단에 앉아 있었고 계단 아래로 해변이 펼쳐졌다. 해변은 자본주의적이고 상업적인 조명을 받아 희게 빛나고 있었다. 짐은 모래 위에 발을 올려보았는데 신발 밑창 아래 고운 입자가 느껴져 깜짝 놀랐다. 발이 빠질 것 같은 기분이었다. 이게 백사장이란 거군.

중학생은 마트까지 함께 왔고 배달 기사를 찾기 전까지 가지 않겠다고 했다. 해는 이미 졌고 도시에는 완전한 어둠이 내려왔지만 마트 주변은 밝게 빛났다. 마

트의 매니저는 배달 기사는 더이상 일하지 않는다고
했다. 매니저는 구레나룻과 이어지는 턱수염을 기른
사내로 젊은 시절에는 미남 소리를 꽤나 들었을 외모
의 소유자였지만 이제는 배가 나왔고 턱선이 무뎌졌
으며 입 주변은 지저분했다. 그래도 매일 자전거를 타
고 개와 산책을 해. 매니저는 자신 정도면 관리가 잘됐
다고 생각했고 팜을 보자 잘해주고 싶다는 생각을 했
다. 이건 플러팅이 아니지. 아무렴. 동생을 찾는 난민
에게 호의를 베푸는 거야.

　매니저는 팜에게 이사한 배달 기사의 주소를 주겠
다고 했다. 더불어 창고에 남은 음식이나 물건을 꺼내
주겠다고 했는데 짐과 중학생은 같이 들어갈 수 없다
고 말했다. 짐은 걱정했지만 팜은 괜찮다고 했다. 걱정
마요. 제가 알아서 할게요. 팜은 정말 용기가 있는 것
같았고 짐은 스스로가 부끄러웠다. 그는 지금껏 용기
가 필요 없는 곳에서 살았고 그게 행운이라는 사실을
몰랐다. 이런 감정이 필요해. 짐은 생각했다. 하지만
자주 느끼고 싶진 않아.

　중학생은 소설이 다른 것과 뭐가 다른지 모르겠다
고 말했다. 그러니까 글자로 된 거죠, 그건? 소년이 물

었다.

그렇죠. 짐이 말했다. 글자로 됐고 그런데 글자로 됐다고 다 소설은 아니에요.

그럼 뭐예요?

그러니까 이야기를 글로 쓴 건데.

시나리오 같은 건가?

비슷한데 그거랑은 좀 달라요.

뭐가요?

시나리오는 게임이나 영화를 만들려고 쓴 거잖아요. 소설은 아니에요.

소설은 영화나 게임으로 안 만들어요?

그건 아닌데……

짐은 말문이 막혔다. 굳이 말하면 말할 수 있을 것 같지만—다만 아주 길고 구차하게 설명해야 할 것이다—말해 뭐해, 라는 생각이 들었고 얘는 왜 이런 게 궁금할까, 라는 생각이 들었다. 중학생은 장미 꽃잎을 손으로 가지고 놀았다. 답을 듣고 싶긴 한 거니.

주변에 소설 보는 친구 없어요?

없는데요.

소년이 말했다. 당연한 일이야. 짐은 생각했다. 짐의

주변에도 소설을 보는 사람이 없다. 안드레아가 봤지만 점점 읽지 않게 되었다. 그리고 그건 짐도 마찬가지였다.

멀리서 팜이 걸어오는 모습이 보였다.

뭐 받았어요?

팜은 비닐백을 들어 보이며 웃었다. 별게 없네요. 팜은 아이스크림을 꺼내 두 사람에게 건넸다. 투명한 콘 모양의 비닐 케이스 안에 소프트아이스크림과 샤베트가 함께 들어 있는 것으로 오래전에 먹어본 이후 한 번도 본 적이 없었다.

이런 걸 아직도 파네. 짐이 말했다.

중학생은 샤베트를 좋아한다고 말했다. 소라처럼 생긴 소프트아이스크림은 맛없다고 했다.

나이가 들면 위가 더 맛있어.

나이 많아요? 중학생이 물었다.

짐은 고개를 끄덕였다. 그런 거 같네.

근데 이건 어떻게 먹지? 팜이 말했다.

중학생이 아이스크림 케이스 아래에 달린 붉은색 뚜껑을 열었다. 여기 스푼이 들어 있어요. 스푼은 반으로 접혀 있었다. 중학생이 스푼을 펼치자 팜의 눈이 휘

둥그레졌다.

셋은 계단에 걸터앉아 아이스크림을 먹었고 함께 해변을 걸었다.

내일 학교 가야 되는 거 아니에요?

밤새우고 갈 거예요. 중학생이 말했다. 그래야 수업 때 잠이 잘 오거든요. 그는 이제 친구를 보러 갈 거라며 팜에게 꽃다발을 돌려줬다.

아니야. 너 가져. 팜이 말했다. 중학생이 고개를 끄덕였다. 그는 꽃 한 송이를 꺾어 팜에게 줬다. 동생 만나면 이거 주세요.

갈게요. 중학생이 말했다. 그는 모래 위를 가로질러 해수욕장의 어둠 속으로 향했다. 모래가 너무 부드러워 걸을 때마다 기우뚱하는 것처럼 보였지만 넘어지지 않았다. 해변에 중학생이 남긴 발자국이 길게 이어졌다.

5

마르셀은 실크 파자마를 입고 잠이 들었다. 실크 파자마를 입는 건 마르셀이 누리는 가장 큰 사치였고 극동의 해안 도시에서 그가 견딜 수 있는 유일한 방법이었다. 비록 한반도에서 태어나고 자랐고 한 번도 다른 대륙으로 가본 적이 없지만 자신의 피에 옛 구라파의 영광이 흐른다는 사실을 알고 있었고 제1세계 백인의 전생이 보존되어 있다는 사실을 옛 영화나 소설을 볼 때마다 느낄 수 있었다. 내가 있어야 할 곳, 내가 가야 할 곳. 그러나 마르셀은 불어나 독어를 거의 하지 못했고 영어도 못했으며 공부할 생각도 없었다. 그는 함흥이 좋았는데 이곳이 멸망하기 직전의 평온함을 유지하는 도시이기 때문에 좋은 것인지 카페에서 얼마 떨어지지 않은 곳에 있는 폐공장과 해변의 조화 때문에 좋은 것인지 알 수 없었고 노 모어 건스의 주요 활동가들이나 추방자, 이주자들이 갈 곳이 없어 카페에 머물 때면 중요한 사람이 된 것처럼 느껴지기 때문에 좋은 것인지 알 수 없었다.

날씨는 365일 흐렸고 먼지가 생활의 모든 곳에 내려앉았지만 그래도 가끔 끔찍할 정도로 좋은 날씨가 도래했고 그럴 때면 셔츠를 풀어 헤치고 바다로 달려가곤 했다. 마르셀은 꿈에서 좋은 경험을 했는데 정확한 내용은 알 수 없었고 보리의 가죽 재킷을 입은 짐이 나타나 자신의 이름이 무하마드라고 했던 것만 기억할 수 있었다. 그러니까 짐+보리=무하마드인가. 그러나 조금도 비슷하지 않고 잘못된 공식이고 이 공식이 성립하려면 수학의 역사를 새로 써야 할 거야. 마르셀은 생각했고 비몽사몽간에 시계를 봤으며 시간은 새벽 네시 사십사분이었고 자동차 엔진 소리가 들렸고 시바가 짖는 소리가 들렸으며 창밖을 어른거리는 헤드라이트 불빛을 볼 수 있었다.

잠시 후, 총소리와 함께 이주국 직원들이 카페 ADRA의 문을 부수고 들어왔다.

6

카브크에 관한 한 가지 전설로는, 웬 부인이 그에게 한 아미르를 고소하였다. 그녀의 말로는 그녀는 구차한 살림에 애들도 여럿 딸려 있다. 그녀에게 우유가 좀 있길래 팔아서 애들이나 먹여 살리려고 들고 나갔는데, 한 아미르가 나타나 우유를 몽땅 빼앗아가서는 한 입에 마셔버렸다는 것이다. 이 말을 들은 왕은 "내가 그 사람의 배를 갈라봐서 우유가 나오면 그 사람은 그대로 황천객이 될 것이고, 그렇지 않으면 당신의 배를 가를 것이오"라고 말하였다. 이에 그녀는 "당신이 그를 공정하게만 처리한다면 나는 그에게서 아무것도 요구

하지 않겠습니다"라고 잘라 말했다. 왕은 그 아미르의
배를 가르라고 하명하였다. 아니나 다를까, 배에서는
우유가 흘러나왔다고 한다.

7

우리는 백미러를 통해 현재를 본다. 우리는 미래를 향해 뒷걸음질한다.

8

이것이 이야기의 결론이다. 보리는 있었던 일을 일기에 간략하게 써내려갔다. 국장을 비롯한 다섯 명의 이주국 직원이 ADRA에 왔고 총격전이 벌어졌다. 은혜는 결정적인 순간에 국장을 배신했고 나를 도왔다. 이주국 직원이 두 명 죽었고 시바와 안드레아가 총에 맞았다. 국장과 남은 직원을 가두고 흥남항으로 출발했다. 안드레아는 괜찮다고 했지만 내장에 심각한 손상을 입은 것처럼 보였고 얼굴이 창백했다. 시바는 항구로 가는 길에 죽었다. 추방자들의 배는 일곱시에 출발했다. 배에는 무하마드와 안드레아, 은혜와 세르게이, 마르셀이 탔다. 짐과 팜은 배를 타지 않았다. 그들은 시바를 묻고 남쪽으로 내려가겠다고 했다. 팜의 동생이 경상도에 있을지도 몰라요. 이주국이 당신들을 찾을 거예요. 내가 말했다. 안드레아를 잘 부탁해요. 짐이 말했다. 시바를 잘 부탁해요. 마르셀이 말했다. 추방자들이 우리를 둘러쌌다. 우리는 모두 옌지로 갈 것이다. 무하마드가 말했다. 무하마드는 옌지에서 새롭게 출발할 수 있을 거라고 했다. 새로운 천년왕국. 짐은 그런 말을 믿지 않았고 나도 그런 말은 믿지 않는다. 그러나 떠나는 건 나쁘지 않다. 안드레아는 은진과 옌지에서 만나기로 했다고 말했다. 그러니까 짐, 도와줘요. 안드레아의 셔츠가 피로 물들었지만 그는 여전히 살아 있었다. 짐은 알겠다고 했다. 달리 뭐라고 하겠는가.

9

짐의 어머니는 이주국 직원들이 집을 뒤지는 동안
아무런 말도 하지 않았다. 핸드백 속에 손을 넣고 권총
을 가만히 쥐고 있었고 이 사실을 눈치챈 직원이 그녀
를 체포했다. 그녀는 저항하지 않았다. 짐의 집에서는
아무것도 나오지 않았고 지나치게 책이 많다는 결론
이 났다. 책을 다 뒤져봐. 뭐라도 나올지 모르니까. 상
부에서 명령이 내려왔고 직원들은 취조실에 책을 쌓
아놓고 하나씩 뒤적였다. 짐의 어머니는 추방됐다. 그
녀는 부산으로 가는 긴 행렬에 동참했다. 짐과 팜은 어
머니가 있는 행렬을 따라갔다. 그들이 만나야 할 사람

이 여럿 있었다. 짐은 귀찮은 일에 휘말렸다고 생각했
다. 그러나 무하마드가 옌지에서 돈을 보내겠지. 짐은
생각했다. 전 아무것도 몰라요. 전 그냥 운전기사예요.

작가의 말

요즘 한강에 자주 간다. 오후 여섯시쯤 상수 나들목으로 나가서 마포대교까지 천천히 걸어가면 여덟시쯤된다. 중간에 앉아서 쉬거나 사진을 찍기도 하고 친구랑 통화도 한다. 그 시간이면 해가 지기 시작하고 성산대교 너머를 물들이는 석양을 볼 수 있다. 헤드라이트를 막 켠 차들의 흐름도 보고 자전거를 탄 중학생이나노상방뇨하는 아저씨도 본다(아저씨 그러지 마세요).

원래 이 소설도 한강을 중심으로 쓰려고 했다. 어쩌다보니 이렇게 됐는데 정말 어쩔 수 없는 것 같고 사실 그래서 소설을 쓰기도 하지만 다른 사람들이 이 어쩔 수 없음을 좋아하는지에 대해선 날이 갈수록 의심이 든다. 다른 사람이 뭐가 중요해. 그렇게 말하는 목소리가 들리기도 하는데 다른 사람 중요하다. 우리는 다른 사람과 사는 거니까, 다른 사람은 중요하다고 나는 생각한다.

책을 쓰는 과정에서 큰 도움을 준 사람들이 너무 많다. 일일이 이름을 나열하려다 그만둔다. 그분들에게 따로 말을 건넬 생각이다.

안드레이 플라토노프의 소설이 아니었다면 이 소설을 완성하지 못했을 것이다. 57쪽의 텍스트는 나데즈다 만델스탐의 『회상』(2009, 한길사)에서, 76쪽의 텍스트는 스베틀라나 알렉시예비치의 『세컨드핸드 타임』(2006, 이야기가있는집)에서, 152쪽의 텍스트는 『이븐 바투타 여행기』(2001, 창비)에서 가져왔고, 154쪽은 마셜 맥루언이 한 말이다.

스위밍꿀 소설

작은 겁쟁이 겁쟁이 새로운 파티

© 정지돈 2017

초판인쇄	2017년 7월 21일	**초판발행**	2017년 7월 31일

지은이	정지돈
펴낸이	황예인
편집	홍상희 황예인
디자인	함익례

펴낸곳	스위밍꿀
출판등록	2016년 12월 7일 제2016-000342호
주소	서울특별시 마포구 양화로8길 35
연락처	swimmingkul@gmail.com
ISBN	979-11-960744-0-1 03810

이 책의 판권은 지은이와 스위밍꿀에 있습니다.
이 책 내용의 전부 또는 일부를 재사용하려면 반드시 양측의 서면 동의를 받아야 합니다.

이 도서의 국립중앙도서관 출판예정도서목록(CIP)은
서지정보유통지원시스템 홈페이지(http://seoji.nl.go.kr)와
국가자료공동목록시스템(http://nl.go.kr/kolisnet)에서 이용하실 수 있습니다.
(CIP제어번호: CIP2017016072)

이 책은 한국문화예술위원회와 경기도, 경기문화재단의 문예진흥기금을 보조받아
발간되었습니다.